形見の剣

斬！　江戸の用心棒

佐々木裕一

朝日文庫

本書は書き下ろしです。

目次

形見の剣
斬！　江戸の用心棒

第一章　友の危機

一

「何が江戸の用心棒だ！」

客のものすごい剣幕に、芦屋《あしや》の玉緒《たまお》は怖気《おじけ》づく玉ではない。

元来負けん気が強い三十路《みそじ》の江戸っ子だが、色白のうりざね顔に気の毒そうな表情を浮かべて、普段より声音を一段高くして相手をする。

「それはまことに、運が悪うございましたねぇ」

五十の客は眉間の皺《しわ》を深くして、目を仁王のようにひんむく。

「運が悪いだと！」

「だってそうですよ、ご紹介した先生は、今は改易《かいえき》となってしまった大名家で馬《うま》廻《まわ》りをされてらした剣の達人でございますもの。賊が一枚上手だった、としか思えません」

「この野郎！」

「でも先生は、いただいた代金の分は仕事をされましたよ。人殺しの賊からちゃあんとお客様を守ったのですから。そうでございましょお客様。先月なんて、賊に押し込まれた米問屋さんは命を奪われてしまって、駆け付けた町役人まで大怪《おおけ》我《が》をされたというのに、お客様は二本の足で立たれてらっしゃるのですから」

客は己の足を見て、不服そうながらも文句を言わなくなった。

玉緒の目がきらりと光る。

「はい。それじゃそういうことで」

客は片眉を上げる。

「なんだね、その手は」

「番頭が勝手にお返しした代金を戻していただきますよ」

「何を言っている。まんまと賊に銭を持って行かれたんだぞ！」

「あらご愁傷様」

「なんだと！」

「賊が捕まっていないのに用心棒を追い出すというのは、そういうことでしょう」

「とにかく、あんな役立たずの大飯食らいはまっぴらごめんだ。他の者にしてくれ」

「あいにく、腕がいい先生は他にはいないのですよ」

「もういい！　他を当たる」

客は番頭が返していた銭を板の間にたたきつけ、鼻息荒く帰っていった。

「誰か塩をまいときな」

玉緒は声を尖《とが》らせると銭をつかんで帳場に座り、箱を開けて並べながら、しかめっ面をして言う。

「まったくもう……」

荒々しく箱の蓋を閉め、隣の襖《ふすま》を開けた。

板の間には、背中を丸めた小太りの浪人がぽつんと正座し、叱られた犬のような目を向けてくる。

玉緒はあきらめたような笑みを浮かべた。

「旦那、聞いてらしたとおり、今日から来なくていいそうですよ。用心棒の仕事は回せませんから、荷運びでもしますか」

小太りの浪人は、気弱そうな笑みを浮かべてうなずく。

玉緒は、仕事の場所を書いた一枚の紙を渡して、船荷を陸揚げする食い扶持《くぶち》を回してやった。

そうやって浪人を送り出した玉緒は、腰に手を当てて大きなため息をついた。

「まったくもう、用心棒の仕事が増えてるというのに、役に立つのがいないんだから。こんな時に真十郎《しんじゅうろう》の旦那がいてくれたら、大儲《おおもう》けできたのにさぁ」

肌身離さず胸にしまっている手紙を取り出した玉緒は、

「真十郎様、近頃江戸は物騒なんですから、早く帰ってきてくださいな」

ちょんとつついてそう言うと、恋しそうに胸に抱いた。

二

この頃の江戸市中は、東北を襲った大飢饉《だいききん》のせいで餓《う》えに苦しむ者たちが国を捨てて流れ込み、食うために盗みを働くことで治安が悪くなっていた。

中でも徒党を組んだ輩《やから》が押し込み強盗に味をしめ、江戸中を荒らし回っている。

むろん、公儀も黙ってはおらぬ。

町奉行所のみならず、火付盗賊改め方をはじめとする御先手組《おさきてぐみ》も盗賊の殲滅《せんめつ》に躍起になり、寝る間もなく役目に励んでいるおかげで捕らえられた者もいる。だが、それはほんの一部にすぎず、虫が湧くように盗っ人が減らぬため、江戸市中は殺伐としていた。

そんな中、若年寄の本田親貞《ほんだちかさだ》は、陣頭指揮を執らねばならぬ立場を忘れて、父の仇《かたき》である月島真十郎《つきしましんじゅうろう》こと、大垣沖信《おおがきおきのぶ》を討ち取ることしか頭にない。

今日も和田倉御門《わだくらごもん》外の屋敷に籠もり、今や配下といえる旗本、実田元育《さねだもとなり》と佐倉源内《さくらげんない》と共に悪知恵を働かせていた。

人払いをした十六畳の座敷で三人が語り合うのは、憎き真十郎の味方になりかねぬ老中首座の竹田河内守忠正《たけだかわちのかみただまさ》を、どう排除するかだ。

来たばかりの実田が、狡猾《こうかつ》そうな顔にいささかの憂いを浮かべて告げる。

「竹田老中に近しい者に探りを入れましたところ、沖信が生きているのではないか、という声を、竹田老中本人から聞いたそうです」

上座の親貞は、鋭い目を向けて黙っている。

年が明け、梅の花が満開を迎えようとしている庭を背に座した佐倉が、親貞をちらと見て代弁する。

「竹田老中が沖信の存命を確信すれば、必ず上様に帰参を働きかける。そのようなことになれば、信親《のぶちか》様の仇を討てぬようになろう。なんとしても、それだけは避けねば。何かよい手はないものか」

するると、親貞が余裕の笑みを浮かべた。

「竹田めは、父上と沖信の父親がこの世を去ったおかげで今の地位に上がったのみで、ただの昼行灯《ひるあんどん》ではないか。おそるるに足らぬ者よ」

佐倉が厳しい面持ちで異を唱える。

「しかしながら、大垣沖綱《おきつな》が老中だった頃は、腰ぎんちゃくと言われるほど沖綱に味方し、信親様と敵対しておりました。沖信が生きておると知れば、恩ある大垣家をふたたび幕閣に上げようとするはずです」

「そうはさせぬよう、手を打っておる」

余裕の笑みから、たくらみを含んだものに転じた親貞は二人に告げる。

「竹田に対抗する老中、堀田備中守《ほったびっちゅうのかみ》殿と水野越後守《みずのえちごのかみ》殿を、こちらに引き入れた。二人は隠居まぢかのじい様だが、父上が可愛《かわい》がっておられただけに、わしに味方してくれる。昼行灯の竹田は、近いうちに失脚しよう」

堀田と水野といえば徳川家家臣団の重鎮だ。それを味方に付けたと知った実田と佐倉は顔を見合わせ、一手も二手も先をゆく親貞に舌を巻いた。

狙《ねら》いを竹田にしぼり策をめぐらせた効果は、時を経《へ》ず現れた。

幕閣の連中が一堂に会しておこなわれた江戸城本丸御殿での合議の座で、公儀の財政改革を推し進めようとしている竹田の政《まつりごと》に、堀田老中と水野老中が揃《そろ》って異を唱えたのだ。

堀田が渋面で口火を切る。

「竹田殿主導でおこなわれておる倹約のせいで、江戸の民は物を買わなくなり、銭が家の箪笥《たんす》で眠っております」

さよう、と、水野が続く。

「物が売れぬせいで儲けが出せぬ商家の者は、大量の仕入れを恐れ、結果、品不足になり値が跳ね上がった。値が上がれば民は益々《ますます》物を買わなくなり、これが悪しきめぐりとなって、江戸市中の景気は悪くなるばかりでござる」

すると、波紋が広がるように、不満をいだいていた幕閣から声があがりはじめ、景気低迷は竹田の失敗だ、責任を取るべきだという雰囲気になった。

上座に座している若き将軍は一切口出しせず、ただ見ているのみ。

竹田は俄然《がぜん》立場が悪くなり、一旦休息を挟んだのちに、処分が言い渡された。

罷免《ひめん》こそされないが、登城を一時停止される運びとなったのだ。江戸の民から飾り物と揶揄《やゆ》される若き将軍が、堀田と水野の言いなりに、竹田を見限ったといえよう。

こうなれば、老中首座といえどもどうにもならぬ。

竹田は一切反論せず、将軍に平伏し、

「お下知に従い、蟄居《ちっきょ》いたしまする」

一言述べると、心配そうな顔をする将軍の前から下がって城を去り、屋敷の門を閉ざしたのだ。

「これで、沖信の道は閉ざされた」

親貞は実田と佐倉に告げると、こう続ける。

「老中が一人おらぬようになり、わしの道は開けた。父上のように老中首座となれば、お前たちを引き立ててくれるぞ」

実田と佐倉はこぞって親貞に酌をして媚《こ》び、どこまでも付いて行くと約束した。

三人が祝杯のごとく酒盛りをしている頃、曲輪内の上屋敷で蟄居した竹田は、側近も寄せ付けず正座し、黙然と一点を見つめて考えごとをしている。その視線の先には、真十郎の父沖綱が筆を走らせた掛け軸がある。

達筆に目を細めた竹田は、

「沖綱殿、信親の倅《せがれ》めが浅知恵を働かせておるのは、ご子息沖信殿が生きておる証《あかし》ですな」

こう語りかけてうつむき、近いうちに、江戸に戻りますぞ、と言い、唇に笑みを浮かべた。

三

季節が移ろい、梅雨も明けて、うだるような暑さが続いている。

各地を転々としながら旅を続けていた月島真十郎は、上方を離れ、中国路の山陽道を西に流れていた。

紺の無紋の羽織と小袖に、黒の袴《はかま》を穿《は》いた真十郎は、瀬戸内の海を前に岩の上で座禅を組み、瞑想《めいそう》をしている。

総髪に不精髭《ぶしょうひげ》を伸ばした顔は荒々しく力強さがあり、大小の刀を帯びておらずとも、以前にも増して剣を極めているだけに、その姿にまったく隙がない。

近江野洲《おうみやす》藩《はん》五万石の跡継ぎだった頃の面影はなく、まさに、堂々たる偉丈夫な剣客の風貌《ふうぼう》だ。

真十郎をこのようにしたのは、本田親貞の逆恨みに他ならぬ。

老中首座の権力を狙い、両替屋の大黒屋伊左衛門《だいこくやいざえもん》と結託して真十郎の父沖綱を暗殺したのが本田信親だと知りながら、親貞は、父の仇を討った真十郎を逆恨みし、首に千両の懸賞金をかけた。

以来、数多《あまた》の賞金稼ぎに命を狙われた真十郎は、刺客を退けながら京、丹波《たんば》、大坂の地を転々として生き延び、今に至っている。

海に浮かぶ島の稜線《りょうせん》が明るくなり、来光が顔を照らした。

ゆっくりと目を開けた真十郎は、島の稜線から昇りゆく日を見つめて立ち上がると、旅路にもどった。

もうすぐ入る備後《びんご》の国には、沼隈藩《ぬまくま》がある。

沼隈藩は備後福川藩《ふくかわ》阿賀《あが》家の分家ながら、若き当主弘貴《ひろたか》は君子と言われ、病弱で嗣子《しし》がいない本家の当主に万が一の事態があった時は、福川藩を背負って立つ人物だと目されていた。

江戸の藩邸で生まれ育った弘貴とは、父親同士の付き合いもあり幼い時から親しかった真十郎だが、今は公儀に病死と届けている身。山陽道に沼隈の道しるべを見つけて懐かしく思いはすれども、友の領地に立ち寄ることも、まして逗留《とうりゅう》するつもりなど毛頭なく、山陽道を真《ま》っ直《す》ぐ西にくだり、景勝地である宮島《みやじま》を目指すつもりで草鞋《わらじ》をすり減らしていた。

宮島へ参詣したそのあとは、九州に渡るつもりでいる。

備中の先は、備後福川の城下町だ。

たくさんの島が浮かぶ瀬戸内の海は、北前船や漁船が浮かび、海面を容赦なく照らす日の熱により、船影が揺らいで見える。

わき見をしながら歩いていた真十郎の耳に、道を空けるよう願う声が届く。

前を向くと、荷車を引く馬が来た。

道を空ける真十郎の前をゆく荷車は、雪のように白い粉を詰めた袋を運んでいる。このあたりの塩田で作った塩だ。真十郎は、山と海に挟まれた道を曲がったところで、足を止めた。関所が行く手を阻んでいるからだ。

真新しい白木の柱と柵が、この関所が建って日が浅いことを教えてくれる。

真十郎は用心深く探った。

関所に入る旅人に目を光らせている番人は、広げている人相書きと男を見くらべ、別人だと判断した者には行けと告げている。

真十郎の脳裏をかすめるのは、親の仇だと逆恨みする親貞の存在だ。備後福川藩は、歴代の当主が老中に昇り詰める家柄だけに、親貞との繋《つな》がりもさることながら、公儀の目に止まるのを嫌った真十郎は、人相書きは己ではないかと疑い、急ぎその場を離れた。

目を光らせている番人たちが、目前に来て急に向きを変えた真十郎を見逃すはずもなく、声を張り上げる。

「その者！　待て！」

聞かず走る真十郎の背後がにわかに騒がしくなったので振り向くと、馬の嘶《いなな》きがした。

馬蹄《ばてい》が響き、近づいて来る。

山と海に挟まれ、隠れる場所はない。

遠くに小舟があるのが目に付いた真十郎は、懸命に走る。だが、五騎が馳《は》せて来て追い付かれ、二騎が追い越してゆく手を塞《ふさ》いだ。

囲まれた真十郎は、走ってきた小者に取り押さえられた。

馬上の侍は、真十郎の顔と人相書きをくらべて驚いたような顔をしたが、真十郎には何も言わず、捕り方に連行を命じた。

連れて行かれたのは、福川藩の城下町にある役所だった。

牢屋《ろうや》に入れられるかと思ったがそうではなく、四方を見張られた八畳間に留め置かれ、水と梅干まで出されて、どうも様子がおかしい。

喉が渇いていた真十郎は、水を飲み、梅干を食べて種を皿に落とした。

酸っぱさに顔を歪《ゆが》めつつ、見張りの様子を探る。

表の庭が見渡せる角部屋は四方の障子と襖が取り払われ、八畳の真ん中に座らされている真十郎に背を向けて立っている見張り役は、六尺棒を立て、隙を見せぬ。

試しに立ち上がると、すぐさま四人が六尺棒を構え、

「お座りなされ」

こう制してくる。

宿敵本田家と阿賀家が懇意な仲だとは聞いたことはないが、手を回されたと思い覚悟する。

病死と偽り、弟沖政《おきまさ》に家督を継がせたことが暴かれれば、公儀を欺いた罪に問われ、御家は改易となろう。

もはやこれまでだ。

父の仇を討った時から覚悟を決めていた真十郎は、阿賀家の者を倒して逃げる気になれず、座禅を組み瞑想をはじめた。

庭木から聞こえていた油蟬《あぶらぜみ》の声も、瞑想にふける真十郎の耳には届かぬようになる。

半刻《はんとき》（約一時間）ほど時が流れた頃、真十郎は目を開けた。

廊下をこちらに近づく足音に顔を向けると、表側を守っていた役人が頭を下げ、白髪の老侍が来た。

その老侍は真十郎を見るなり立ったまま頭を下げ、正面に歩み寄って片膝をつくと、顔をじっと見て、破顔一笑した。

見覚えがある真十郎も、表情を和らげる。

老侍は福川藩の者ではなく、弘貴の守役をしていた高森兵右衛門《たかもりひょうえもん》だったからだ。

「沖信殿、顔つきが、以前にも増してようなられましたな」

「不精髭のせいでしょう」

真十郎の返答に、目尻の皺をより深くした兵右衛門は、そっと目元を拭って言う。

「殿の命で、そなた様が来られるのを一日千秋の思いで待っておりました」

聞けば、親貞が親の仇だと真十郎を狙っている噂《うわさ》を耳にした弘貴が、友は必ず沼隈に来るはずだと言い、本家の許しを得て関所を立て、待ち受けていたという。

真十郎は動揺した。

「御公儀は、わたしが生きているのを知っているのですか」

高森は首を横に振る。

「御老中の竹田河内守様が、殿に密書を届けられたのです。竹田様は、本田親貞の謀略によって蟄居の身になられたそうですが、親貞の様子を見て、沖信殿が生きておられるのを確信され、朋輩《ほうばい》である殿に、そなた様が立ち寄れば力になるようにと、お知らせくださったのです」

関所が真新しかったのは、そういうことだったのかと納得した真十郎は、煽《あお》りを食った竹田に申しわけなく、胸が痛んだ。

力を貸そうとしてくれる友の気持ちは嬉《うれ》しいが、真十郎は、優しい顔をしている兵右衛門に言う。

「迷惑をかけるつもりはございませぬ。早々に去りますから、お解き放ちくだされ」

頭を下げるも応じぬ兵右衛門は、真十郎に両手をつき、懇願する面持ちで告げる。

「お願いしたき儀がござる。聞いてくだされ」

「今のわたしに、お役に立てることはありませぬ」

それでも兵右衛門は引かぬ。

「あなた様は、剣を極めたお方。そのお力におすがりしたく、何とぞ、殿のおそばにいてくだされ」

平身低頭された真十郎は、余程のことと思い問う。

「弘貴殿に、命の危機が迫っているとおっしゃるか」

顔を上げた兵右衛門は、膝を進めて小声で告げる。

「殿は毒を盛られ、命を落とされかけました」

「なんと。人望を集めている弘貴殿がどうして……」

信じられなかった。真十郎の知る江戸での弘貴は、いつも人に囲まれ、家来からも慕われて周囲に笑顔が絶えなかったからだ。

「今も苦しんでおられるのか」

「なんとか快復し、陣屋で藩主としての務めを果たしておられます」

「いったい誰に、命を狙われたのです」

兵右衛門は、じっと目を見てきた。

「ここでは申せませぬ」

「解せぬ。馬廻り衆や小姓たちは優れた忠臣のはず。毒を盛られるなど、考えられぬぞ」

兵右衛門は悔しそうに、袴をにぎり締めて言う。

「どうか、殿のお話だけでも聞いてくだされ」

友の危機を感じた真十郎は、放っておけなくなった。

「力を貸す貸さないは別として、会うてみましょう」

「かたじけのうございます」

兵右衛門は福川藩の者に礼を述べて酒手《さかて》を渡し、早々に役所を出た。

案内された沼隈藩の陣屋は小高い丘の上にあり、東は遠く福川城下を望め、南は瀬戸内の海と、領地の町が見下ろせるよい場所にある。

のどかな海が見渡せる座敷で、真十郎は弘貴と向き合った。

三年ぶりに再会した真十郎に、弘貴は涙ぐんだ。

「苦労をしておるようだな、沖信殿」

情に厚く、常に民の安寧を考える名君たる弘貴が、何ゆえ命を狙われるのか。

「今は、月島真十郎だ」

こう答えて笑みを浮かべた真十郎は、おぬしこそ、と切り出す。

「兵右衛門殿から聞いた。何ゆえ命を狙われる」

弘貴は問いには答えず言う。

「わたしのそばにおれ」

真十郎は、友を巻き込みたくないと思い告げる。

「わたしの首には、千両の懸賞金がかけられている。目の色を変えた金の亡者たちに命を狙われている今のわたしでは、おぬしの力になれまい」

「この陣屋に、本田親貞の手の者を近づけぬ」

「命を狙われている者同士、助け合おうと言うのか」

弘貴は厳しい顔をしてうなずく。

「大垣沖信も、月島真十郎も沼隈にはおらぬ。おぬしはこれより、高森の甥《おい》になるのだ」

弘貴の家来になりすませば、敵の目を欺けるであろう。陣屋は戦国以来の土地を利用しているため、攻め込むにしても容易《たやす》くはない。

お互い様だと弘貴は言うが、毒を盛られた弘貴のほうが、よほど危ない。

「相手は、身内か」

真十郎が目つき厳しく問うと、弘貴は表情を引き締めて答える。

「証がないゆえ返答はできぬ。だが、思い当たる人物は二人おる」

「誰だ」

「あえて言わぬ。おぬしは気にせず、わたしのそばにおってくれ」

すると、廊下を見張っていた兵右衛門がこちらを向く。

「沖信殿、何とぞ、殿をお守りくだされ」

両手をついて頭を下げる兵右衛門に、真十郎は応じる。

「承知した」

兵右衛門は安堵《あんど》し、弘貴が嬉しそうに告げる。

「今日からおぬしは、高森の甥の玄馬《げんま》だ。江戸から呼び寄せたこととする」

真十郎は承知し、兵右衛門に向く。

「伯父上、よしなに頼みます」

「こちらこそ」

三人は声を潜めて笑い、真十郎の逗留が決まった。

沼隈陣屋から総登城を命じる太鼓が鳴り響いたのは、翌早朝だ。

一刻《いっとき》（約二時間）後、家臣一同が集まる大広間で、真十郎は紹介された。

「高森玄馬にございます」

うやうやしく述べて頭を下げる真十郎は、兵右衛門の甥として、皆の前で小姓を拝命した。

「何、兄上が高森の甥を小姓にしたじゃと」

知らせた者に不快をぶつけるのは、弘貴の腹違いの弟宗常《むねつね》と、その母親お洋《よう》の方だ。

陣屋の城下町にある屋敷に住まう母子は、国許《くにもと》の重臣を籠絡《ろうらく》し、虎視《こし》眈々《たんたん》と藩主の座を狙っており、中風を患っていた父の跡を継いだのち、初めて国許に入った弘貴を、亡き者にせんとしている。

弘貴の座を奪い、本家に跡継ぎが生まれぬまま当主が身罷《みまか》れば、宗常が老中に上がるのは夢ではなくなる。

野心に燃える親子は、弘貴を孤立させる策を巡らせており、弘貴が江戸から連れ戻った八人の側近のうち七人をすでに排除していた。

そこへ、降ってわいたように真十郎が現れたため、母子と、母子に鞍替《くらが》えした重臣たちは、面食らったというわけだ。

「残るは兵右衛門のみだったというのに……」

歯痒《はがゆ》そうに、鮮やかな紅色の唇を噛《か》むのはお洋の方だ。

「甥と申すが、そもそも兵右衛門に甥などおったんね」

側近の素性を調べさせていた国家老を睨《にら》む。

大林友近《おおばやしともちか》は咎《とが》めを恐れ、懐紙で額の汗を拭った。

「高森には確かに弟がおりますが、縁遠く、邪魔にゃあならんはずでした」

お洋の方が苛立《いらだ》たしげに扇を手の平に打ち付け、大林を睨む。

「頭の切れそうな者だとか」

「はい」

即答する大林に、お洋の方は怒気を吐いた。

「みすみす入れるとはどういうことね。いったい何をしょったんね《していたのか》！」

母の癇癪《かんしゃく》に、宗常が割って入る。

「まあまあ母上、そう腹を立てんさったら、父上のように中風になりますけん、落ち着かれませ」

沼隈生まれで沼隈育ちの呑気《のんき》な息子に、福川生まれのお洋の方がきりりと顔を向ける。

「これが落ち着いておれるかいね。本家の御当主は、江戸の藩邸でまたお倒れになったんじゃけん、いつあの世へ行かれるか分からんのよ。一刻も早う弘貴を廃さにゃあな、弘貴が本家を継いだら、そなたの老中への道が閉ざされるんよ」

苛立ちやまぬ母に、宗常は近づいて背中をさする。

「母上、沼隈は、わしらの味方ばかりでしょう。すでに大目付が動いとりますけん、わしらは吉報を待つだけでええんです。のう、大林」

「は、若君のおっしゃるとおりでございます」

頭を下げる大林を見下ろしたお洋の方が、宗常に微笑《ほほえ》む。

「それを先に言いんさい」

「申しわけございません」

微笑んだ宗常は、大林を連れて庭に出ると、築山《つきやま》に登って海が見える場所で立ち止まり、あとに続く大林に向く。

「何をすべきか、分かっとるじゃろうのう」

「抜かりなく」

怯《おび》えて応じる大林に満足そうな顔をした宗常は、大林の左の頬に右手を当て、二度ほど軽くたたいて念押しして下がらせた。

一人で海を眺める宗常は、ほくそ笑む。

沼隈藩では、福川藩の重臣である曽我《そが》家が三代続いて大目付をしているが、当代の曽我義則《よしのり》は金に汚く、また、美貌の持ち主であるお洋の方に密《ひそ》かな想《おも》いを抱き、宗常の味方だ。

その義則が何をするか知っている宗常は、近いうちに手に入る陣屋に向き、その先にある福川城のあるじになる日を想像していたのだ。

四

真十郎に与えられた部屋は、広い裏庭を横切れば弘貴の寝所に駆け付けられる離れにある。

兵右衛門が素性確かだという四十代の下男と、二十代の下女を世話役に付けてくれ、暮らしに不自由がないようにしてくれた。元々高森家に仕えていたおすみは、真十郎に明るくあいさつをして、気が張った様子はない。色白で背が低く痩せており、大人びた面立ちのおすみは、備後なまりでしゃべるのでたまに意味が分からない時もあるが、優しい声となまりの調子に温かみがあり、それがかえって真十郎を安心させてくれる。

部屋は、囲炉裏がある板張りの居間に、六畳の納戸、同じく六畳の次の間に、八畳の客間がある。

台所に近い四畳部屋はおすみが寝泊まりし、下男の庄八《しょうはち》は陣屋の近くにある長屋から通って来る。

弘貴の寝所と薄い板塀で隔ててある表には小さな庭もあり、客間からの景色は、青葉のもみじと、先の住人が植えたと思われるほおずきが、目を楽しませてくれる。

夜になると、弘貴に呼ばれて母屋に渡った。

瀬戸内の漁火《いさりび》が見える部屋で酒を酌み交わしていると、弘貴がこれまでのことを訊《き》いてきた。

己の精神の鍛練を目的とした剣術修行の旅を終えて江戸に戻り、父の暗殺を知ったという話から、この地に来るまでのことを包み隠さず聞かせると、弘貴は、至極残念そうな顔をした。

「おぬしは、近いうちにお父上の跡を継いで幕政を担うと信じていた。本田信親が老中首座になり幕政を思うようにしていた時は、役人たちの不正が横行し、このままでは徳川の屋台骨が揺らぐと案じていたほどだ。おぬしが斬っていたとはな」

酒をすすめる弘貴は、真十郎が受けると、顔を海側に向けた。

「九州を目指していたと申したが、江戸に戻るつもりはないのか」

「病死と届けているからには、江戸の土を踏めぬ」

「このまま、わたしのそばにいてくれと頼んでもか」

黙して微笑む真十郎に、弘貴は訂正する。

「家来としてではない。おぬしの力にならせてくれ」

「気持ちだけいただこう。おぬしの身が安泰になるまでは、ここにおる」

うなずいた弘貴が、食事をすすめた。

真十郎は箸を取り、ふとして問う。

「毒を盛られたと聞いたが、料理に入っていたのか」

「いや、湯殿で飲む水だ。侍女の仕業であったが、裏で糸を引いた者を問い詰めても口を割らぬまま、自ら命を絶った。貧しい漁村の出で、両親と弟を養うために奉公しておった孝行娘であったが、どのように籠絡されたのか分からぬ」

真十郎は箸を置き、弘貴を見る。

「その者の家族は、今どうしている」

「兵右衛門が駆け付けた時には、家はもぬけの殻になっておったそうじゃ。村の者も逃げるのを見ておらぬゆえ、神隠しにでも遭うたのであろう」

「本気でそう思うてはおるまい」

弘貴は厳しい顔でうなずく。

「家は海のすぐそばだ。口封じに引きずり込まれたに違いない」

海に慣れた者の仕業となると、瀬戸内を支配する海賊の二文字が真十郎の頭に浮かんだ。

「村上《むらかみ》海賊か」

弘貴が笑った。

「いつの世のことを言うておる。今は海賊などおらぬ。が、侍女の家族は何者かに殺されておろう」

笑みを消す弘貴に、真十郎はうなずいた。

めばるの煮付けに、地元ではあこうと呼ばれるきじはたの刺身など、瀬戸内で揚がる海の幸が並ぶ料理の膳を見て問う。

「豪勢な料理だが、毒見はされているのか」

「安心してくれ。死にかけてからというもの、兵右衛門が抜かりなくしておる。湯船の湯まで調べる徹底ぶりじゃ」

さぞ気を張っておろうと思った真十郎は、控えている兵右衛門に顔を向けた。

兵右衛門は目尻を下げてうなずき、黙って手を差し伸べて料理をすすめる。

あこうの刺身を口にした真十郎は、口元が緩む。

「旨《うま》い」

弘貴が嬉しそうに応じる。

「江戸では食せぬ味であろう。存分に食べてくれ」

久しぶりにまともな食事を摂った真十郎は、瀬戸内の味を大いに堪能し、これからのことを夜遅くまで語り合った。

翌日からは、小姓として弘貴のそばに仕える。

朝早く起きた真十郎は、おすみが調《ととの》えてくれた朝餉《あさげ》を食べた。

瓜《うり》の塩漬けと味噌汁《みそしる》の味がよく、真十郎はまた口元が緩む。

「これも旨い」

口数が少ないおすみは、微笑んで座っている。

真十郎のための着物も用意されており、新しい生地に袖を通した。

紺の無地の小袖に灰色の袴を穿き、小袖と色を合わせた、高森家の笹《ささ》の葉紋が付いた羽織を着ける。

次におすみが差し出したのは、脇差だ。

小姓として陣屋に出るには、真剣を身に付ける必要がある。

黒漆の鞘《さや》をつかんだ真十郎は帯に差し込み、気を引き締めた。

新しい草履《ぞうり》も用意されており、履いて振り向くと、おすみが座して頭を下げた。

見送られて出かけるのも久しぶりの真十郎は、行ってまいる、と声をかけ、陣屋に出仕した。

弘貴は一日陣屋に籠もり切りで、次々と面談に来る重臣たちと藩政について合議し、昼餉を取る暇も惜しんで働いている。

この中の誰が、謀反をくわだてているのか。

小姓としてそばに控えている真十郎は、十二人の重臣一人ひとりの一挙一動に目を光らせ、愛想笑いをする者には特に気を配った。

いっぽう弘貴は、家来に対する時は真十郎に見せる穏やかさはなく、重厚で威厳がある。民を導くに当たって信義を重んじ、過ちを指摘されれば、これを素直に認めてよい方向に改めようとする姿勢は、まさに名君といえよう。

一日そばにいた真十郎は、思っていたとおりの弘貴の姿に目を細め、そして、己にはもう、弘貴のように働く場はないのだと、寂しくもなった。

後悔はない。

そう自分に言い聞かせ、一日の役目を終えようとしている弘貴を見ていた時、取次ぎ役の家来が廊下で片膝をつき、来客を告げた。

「殿、高見屋幸兵衛《たかみやこうべえ》が、刀を献上しにまいりました」

弘貴はいぶかしむ。

「献上じゃと」

「お国入りのお祝いだと申しております」

取次ぎ役がそう答えると、合議を終えて帰ろうとしていた大林家老が微笑んで告げた。

「殿、ご先代が初めてお国入りされた際も、高見屋から献上されてございます。高見屋とは代々付き合いがございますから、遠慮はいりませぬぞ」

「うむ、では通すがよい」

ははと応じた取次ぎ役が下がると、大林は頭を下げて帰ろうとした。

「大林、同座せぬのか」

問う弘貴に、大林は申しわけなさそうに言う。

「将軍家に献上する品の支度が遅れておりますから、尻をたたきにまいります。では、ごめん」

頭を下げた大林は、忙しそうに帰っていった。

入れ替わりに来たのは、恰幅《かっぷく》がいい、いかにも儲かっている風の商人だ。人好きがする面持ちをしている四十代の幸兵衛は、廊下に正座し、穏やかな笑みを浮かべて両手をつく。

「お殿様、お国入りのお祝いに、一振りこしらえましてございます。代々続けさせていただいた縁起物でございますゆえ、お納めくださりませ」

かしこまった物言いをする幸兵衛に、弘貴は表情明るく応じる。

「幸兵衛、大儀である」

「はは」

「近う」

「ははあ」

いっそう声を高くした幸兵衛は、うやうやしく膝を進め、太刀袋に入れた刀を頭上に掲げた。

兵右衛門が受け取り、弘貫に差し出す。

太刀袋から出した大刀の鞘には、阿賀家分家の家紋である、丸に違い鷹《たか》の羽《は》が金箔《きんぱく》で施されている。

抜刀した弘貫は刀身を見つめ、満足そうにうなずいた。

「備前長船《おさふね》か。刃文の景色もよい」

幸兵衛が答える。

「名は兼平《かねひら》、まだ若い刀匠でございますが、名人でございます」

「うむ、名刀じゃ。鞘のこしらえもよい。先祖は阿賀家に仕えていた侍の血を引いておるだけに、そのほうはよい目をしておる」

「おそれいりまする」

「近頃は大小を重そうにしておる者が多い世じゃが、高見屋、これからもよい物を頼むぞ」

「御用達《ごようたし》をいただいたご期待に沿えますよう、精進いたします」

平伏してあいさつとした幸兵衛は、当代としての役目をひとつ終えて安堵したらしく、穏やかな表情で帰っていった。

弘貴が真十郎に向く。

「見てみろ、いい刀だ」

真十郎はそばに行き、手に持たずに刀身を見つめた。

父から譲り受けた名刀も備前だ。長船の地で刀匠光平《みつひら》が打った名刀は父の自慢であり、同じく備前の太刀を自慢としていた弘貴の父親と、どちらが名品か小競り合いをし、楽しそうにしていたのを思い出す。

弘貴も真十郎と同じ思いなのか、目を赤くして、

「そなたのお父上の光平も、名刀であったな」

そう言うと、刀を黒漆塗りの鞘に納め、右側に置いた。

「光平は、家督を継いだ弟が持っておるのか」

「いや。仇の血を吸うておるゆえ、封印して縁ある寺に預けた」

真顔でうなずいた弘貴は、汗を流したあとで酒を飲もうと言い、兼平を持って奥に下がった。

座して見送った真十郎は、毒見をするという兵右衛門に付いて膳の間に同道した。

その頃、自室に戻った弘貴は納戸に入り、大刀を刀簞笥に納めると、汗を流し

に湯殿へ向かった。

侍女たちが従い、寝所から人気《ひとけ》がなくなったところに一人の男が現れた。先ほどまで庭仕事をしていたこの者は、頬かむりをし、剪定《せんてい》した庭木の枝を入れた籠を背負っているのだが、庭師にしては目つきが鋭い。

油断なく目を走らせ、寝所に人がおらぬのを確かめた曲者《くせもの》は、ひょいと廊下に飛び上がり、あたりを探りながら後ろ向きに寝所に入ると、障子を閉めた。そして間もなく出てきた男は庭に飛び下り、背中の籠を背負いなおすと、したり顔で唇を舐《な》めて走り去った。

五

翌朝、真十郎は弘貴と二人で廊下を歩きながら、昨夜は飲みすぎたと言う弘貴に笑って応じていた。

廊下から望める海は朝日にきらきらと輝き、風が心地よい。

廊下の角を曲がって来た若者に気付いた真十郎は、前を歩く弘貴の背中にそっと触れて知らせ、小姓らしく控えめにする。

「兄上」

という声に、真十郎は、兵右衛門から聞いていた弘貴の腹違いの弟だと察して、片膝をついて迎える。

「おお、宗常、朝の合議に顔を出すとは珍しいではないか。丁度よい、今日は将軍家に献上する品の話をするゆえ、そなたも聞いてくれ」

弘貴はおおらかに迎え、先に座敷に入った。

片膝をついて頭を下げる真十郎の前に来た宗常は、厳しい顔をしている。

二十四畳の大広間には、国家老をはじめとする八人の重臣たちが集まり、弘貴を待っていた。

一同が平伏し、弘貴が上座に着くと合議のはじまりだ。

「ええ、献上の品についてですが、職人の尻をたたいて……」

国家老の大林が口を開くと同時に、宗常が言葉を被《かぶ》せる。

「その前に、兄上にお訊《たず》ねせにゃいけん儀がござる」

一同が注目する中、弘貴が発言を許した。

すると宗常は、

「兄上はもうすっかりと、福川藩主になったつもりでおるいうて耳にしたんじゃが、ほんまですか」

と、嫌味げに言う。

弘貴はいぶかしそうに問う。

「何をもってそのような戯言《ざれごと》を申すのか」

「戯言じゃあないですけん。高見屋幸兵衛に作らせた新刀の鞘に、本家の家紋を入れさせたいうて聞いたんじゃが、ほんまですか」

沼隈生まれで沼隈育ちの宗常は、江戸で生まれ育った弘貴をよそ者扱いしているると聞いている真十郎は、言いがかりをつけて合議の邪魔をしているのかと思った。

弘貴はそんな宗常を相手にせぬ様子で、あり得ぬ、と否定した。

だが、宗常は引き下がらぬ。

「ほんなら、昨日高見屋幸兵衛から受け取った備前兼平を、この場でわしに見せてください」

「疑り深い奴《やつ》じゃ。いいだろう」

自ら取りに行こうとする弘貴を宗常が止め、廊下に控える真十郎に向く。

「おい新入り、お前が持って来い」

真十郎は軽く頭を下げた。

「おそれながら、それがしは場所を存じませぬ」

「ふん、役に立っとらんのう」

鼻白む宗常が、弘貴を睨む。

「兄上、どこに隠しとるんですか」

「隠してなどおらぬ。納戸の刀簞笥に納めておるゆえ、わたしが持ってまいろう」

「いいや、兄上はいけん。大林、お前が持って来い」

国家老を顎《あご》で使う宗常の態度こそ、藩主然としているではないか。

真十郎はそう思いながら、おずおずと廊下に出た大林に続いて奥向きに足を運んだ。

刀簞笥を開けた大林は、これじゃろうか、と言いつつ、太刀袋に入った刀を見せてきた。

昨日高見屋が来た時、真十郎も同座しているのを知っているからだ。

黒地に銀糸で草模様を刺繍《ししゅう》された太刀袋は、間違いない。

真十郎が確かめる。

「他に同じ柄の物はありませぬか」

大林が不機嫌そうに言う。

「見て確かめんさい」

代わって簞笥の引き出しを開けた真十郎は、十振りの太刀袋を見て、大林に頭を下げた。

「そちらで間違いありませぬ」

「ほうか。ほんなら持って行け」

渡された大刀を両手で受け取った真十郎は、大林に続いて皆が待つ大広間に戻り、弘貴に差し出した。

皆の前で取り出すと、広間がどよめいた。

何より目を見張ったのは弘貴だ。

「馬鹿な……」

中身がすり替えられ、本家の家紋である、阿賀鷹の羽と言われる、丸に一つ鷹の羽の家紋が鞘に入っている。

宗常から目配せされた曽我が声をあげる。

「弘貴殿、こりゃあいけません。病気療養中のご当主弘興《ひろおき》様を呪う行為ですけん、見て見んふりはできませんな。本家に報告しますけえの。ええですの」

弘貴は唇を噛みしめた。

反論しないあるじに代わって、兵右衛門が口を開く。

「待て。高見屋から受け取ったのはこの刀ではない。殿を貶めんとする者の謀略じゃ」

曽我は厳しい目を向ける。

「誰の謀略じゃと言いなさる」

「それをこれから調べる」

本家から目付役として派遣されている曽我は、居丈高に物申す。

「毒を盛られた言うんも、怪しい話じゃ。こういう芝居をして、誰かのせいにする腹じゃないんかの」

兵右衛門が怒りに目を血走らせる。

「何を言うか！　殿が生死の境をさまよわれたのを、おぬしもよう知っておろう！」

「それも芝居じゃ言うとるんじゃ！」

怒鳴った曽我が、弘貴を厳しい目で見る。

「弘貴殿、その刀は本家に対する謀反の証じゃけ、こっちへ渡してもらいましょう」

手を差し出す曽我の前を、兵右衛門が塞いだ。

「待たれよ！　高見屋幸兵衛に問えば、届けたのは確かに、分家の丸に違い鷹の羽の家紋が入った刀だと分かるはずじゃ」

すると宗常が口を出す。

「悪あがきをするじゃろう思うて、高見屋を連れて来とるよ。おい！」

声を張ると、宗常の家来に連れられた幸兵衛が庭に姿を見せ、広縁のそばで地べたに正座させられた。

宗常が言う。

「わしに聞かせたとおり、皆の前で正直に言うてみい」

「はい」

幸兵衛は背中を丸め、怯えた声で告げる。

「高森兵右衛門様から依頼を受け、阿賀鷹の羽の家紋を鞘に入れました」

重臣たちが驚きの声をあげる中で、兵右衛門は目を見張って立ち上がった。

「嘘《うそ》を申すな！」

怒鳴る兵右衛門に、幸兵衛は不服そうに言う。

「高森様、わしに罪を押し付けんでくださいや。殿様が御本家をお継ぎになると決まってからこしらえたんじゃ入城に間に合わんけん、密かに用意せえいうて言いんさったじゃないですか」

曽我が我が意を得たりとばかりに、扇で己の足を打って片膝を立て、右足で畳を踏み鳴らし、扇を兵右衛門に突き付ける。

黙って見ていた真十郎には、その動きが妙に大袈裟《おおげさ》で、芝居じみて見えた。

曽我が声を張り上げる。

「高森兵右衛門！　これでも白《しら》を切るか！」

「頼んでおらぬ！」

兵右衛門は怒鳴り返して認めない。

友の危機だが、真十郎は口を出せぬ。

すると曽我は、ひとつ大きな息を吐き、冷静を取り戻した面持ちで弘貴に向いた。

「代々御本家にも刀を納めてまいった高見屋が、勝手に作りゃあせんでしょう。殿はどう思われますか」

弘貴は即答する。

「兵右衛門とて同じじゃ。大それたことはせぬ」

宗常が口を挟んだ。

「兄上、高見屋は卑しい商人にすぎんけえな、頼まれたことは、なんでも言うことを聞くじゃろう。わしは、この正直者が兄上を貶めるために嘘をつくとは思えんのです。このままじゃったら、御本家の家紋を入れた刀を作らせたことが福川に伝わる。そうなりゃ兄上の首が危ないが、兵右衛門、それでもええんか」

宗常をはじめ、重臣たちから刺すような眼差《まなざ》しを向けられた兵右衛門は、目を下に向けて左右に動かしていたが、袴をにぎり締めて、弘貴を見た。

「殿、それがしに切腹をお命じくだされ」

「何を言うか」

「この皺腹ですむなら、安いものです」

証の刀が皆の前にある以上、逃れられぬ。

困って声にならぬ弘貴に代わって、真十郎が口を開く。

「おそれながら、方々に申し上げる」

皆が注目するのを待ち、続ける。

「殿は、刀がすり替わっていたとおっしゃっておられます。またそれがしも、この目で確かに、丸に違い鷹の羽の家紋を見ております。いっぽう、宗常殿と曽我殿、そして己の手で届けたはずの高見屋幸兵衛が、否と申す。これは、いずれかが大嘘をついておる、ということになりましょう。そこで、ことの次第を突きとめるまでのあいだ、我が伯父兵右衛門と高見屋幸兵衛の監禁をなさるよう言上申し上げます」

「小姓ごときが口を出すな！」

宗常が怒鳴るが、

「よし！」

弘貴が声を張り上げた。

「玄馬の申すとおりにいたす。兵右衛門と高見屋幸兵衛の両名に、沙汰があるまで自宅で蟄居を命じる」

「甘い！」

宗常が異を唱えた。

「自宅じゃのうて、見張りの目が届く牢に入れるべきじゃ。方々、そう思わんか」

重臣たちから、宗常に同意する声があがった。

これを受けて弘貴は、宗常に問う。

「牢と申すが、山の奥にある罪人用の牢に入れよと申すか」

「他にないでしょう」

宗常がそう答えると、高見屋幸兵衛が何か言いたそうな顔をしたものの、何かを恐れたように下を向いた。

重臣たちの気持ちに応じた弘貴は、山の牢屋に入れるのを承諾した。

家老の大林が配下に命じ、兵右衛門と幸兵衛が連れて行かれると、宗常が言う。

「兄上、新入りが言うことの次第を明らかにするには、御本家の家臣である曽我殿が適任じゃあ思います」

弘貴はうなずき、曽我に向く。

「決して、拷問はせぬように」

曽我は、冷ややかな笑みを浮かべる。

「どう調べるかは、それがしに一任していただきます」

「拷問をするなと言うておる」

「側近が心配なのは分かりますが、厳しくせにゃならん時もあります。刀がすり替わったとおっしゃるならば、その者をそれがしの前にお連れくだされ。さすれば疑いを解きますけえ」

真十郎が問う。

「貴殿は、すり替えた者を捜さぬとおっしゃるか」

曽我はじろりと目を向けたが、相手にせぬ風に何も答えず弘貴に言う。

「証の刀をお渡しください」

弘貴は刀をつかみ、渋い顔で差し出した。

真十郎がすかさず言う。

「調べが終わるまで、御本家に報告せぬと約束してくだされ」

曽我は真十郎を睨む。

「言われんでも分かっとるけえ、黙っとれ」

厳しく言うと、弘貴に形式ばった様子で頭を下げ、刀を持って大広間から出ていった。

宗常が続き、合議は日を改める運びとなり、重臣たちも下がった。

弘貴は真十郎と二人きりになると、頭を下げた。

「おぬしの機転のおかげで、兵右衛門を死なせずにすんだ。礼を言う」

真十郎は首を横に振り、考えを述べた。

「相手は、毒を使った暗殺をしくじったことで慎重に策を練っているようだ。今日の狙いはおぬしではなく、高森殿だったように思える」

弘貴は解せぬと言い、真十郎の目を見る。

「高見屋幸兵衛が申したことか」

「うむ。奴はおそらく脅されたか、うまい汁にありつくために、刀を用意したのであろう。いずれにしろ、兵右衛門殿は陣屋を去った。これは、おぬしを守る外堀を埋めるための策に他ならぬ。牢に入れられた兵右衛門殿が心配だ」

「二人の身に何かあれば命はないと、牢番に伝えよう」

そう告げた弘貴にうなずいた真十郎は、立ち上がった。

「幸兵衛の嘘を暴くべく、高見屋を調べに行く」

「一人で大丈夫か」

「わたしよりも、おぬしが心配だ。戻るまで、くれぐれも気を付けてくれ」

「心得た。部屋に籠もり、誰も近づけぬ」

行こうとする真十郎を弘貴が呼び止め、上座の刀掛けから大刀を取った。

「これを持って行け。わたしのは他にもある」

胸に押し付けられた大刀を、真十郎は押し返す。

「脇差のみで十分だ」

弘貴は黒漆塗りの手箱から何かを取り出し、真十郎に差し出した。真新しい板に墨書きされた、通行手形だ。

「これを見せれば、わたしの遣いとしてどこなりと入れる。気を付けろ」

うむ、と応じた真十郎は手形を懐に入れ、陣屋を出ると、丘をくだって町に向かった。

六

沼隈は小さな田舎町だが、瀬戸内の船乗りたちが行き交い、海の幸を扱う店も多く活気があり、何より人々の表情が明るいのがいい。

聞き慣れぬ備後の言葉が飛び交う町中を歩いていると、ひと際大きな商家が目に付いた。そこは高見屋ではなく、廻船《かいせん》問屋だ。

出てきた船乗りたちが景気のいい声をかけ合い、海のほうへ走ってゆく。

振り向いて見ていた真十郎は、表に出て見送っていた問屋の奉公人に声をかけた。

「すまぬが、高見屋の場所を教えてくれ」

ああ、と応じた男は、脇差しか帯びていない真十郎に気の毒そうな顔をする。

「ひょっとして、お刀を預けとっちゃったですか」

預けていらっしゃったか、と言っているのだろうと真十郎がうなずくと、男は顔を歪めて、より気の毒そうに、向かいの建物を示す。

「そこが高見屋です」

上げ戸が下ろされた高見屋は、ひっそりとしている。

問屋の男に礼を言い高見屋に歩み寄り、戸をたたいてみる。中から返事はなく、問屋に振り向くと、先ほどの男は訪ねて来た客の相手をして、中に入っていった。

「何か御用ですかいの？」

声に左を向くと、隣の呉服屋の戸口にいる男が腰を折り、下から見上げる眼差しは心配そうだ。

「高見屋の者に訊きたいことがあったのだが……」

「あるじの幸兵衛さんは、陣屋で捕まって牢屋に入れられましたけえ、おってんないですよ」

「家族はいかがした。妻子はおらぬのか」

「奥さんと息子が一人おってんじゃけど、この息子ががんぼったれ《乱暴者》でね、博打で多額の借財をしてしもうてから、はあわや《もうめちゃくちゃ》ですけん。何日前か忘れてしもうたけど、悪そうな男ら《たち》が取り立てに来て騒ぎになった翌日から、奥さんと息子の姿を見んようになりました」

幸兵衛の行動と繋がりがあるように感じた真十郎は、あるじに礼を言い問う。

「幸兵衛が入れられている山奥の牢屋には、どう行けばよい」

呉服屋の男は、真十郎が来た道の逆を指差して言う。

「この道をずうっと真っ直ぐ行っちゃったら、右側に大《き》けな寺がありますけえ、そこの角を山のほうへ曲がって登った先にあります。はみに気を付けてくださいよ」

「はみ、とはなんだ」

あるじは不思議そうな顔をした。

「はみは、はみじゃがね。毒蛇」

蝮《まむし》だと理解した真十郎は礼を言い、牢屋に急いだ。

山奥の牢屋と言うだけあり、まさに蝮が出そうな獣道を登った先に、山を切り開いて建てられた牢屋敷があった。

ここまで来る道のりでは、粗末な掘っ立て小屋を想像していたのだが、高い土塀で囲まれて門まであり、獣道から出てきた真十郎に、門番が目を光らせている。

弘貴の通行手形を見せると、門番は厳しい表情を一変させて頭を下げ、中に入れてくれた。

足を踏み入れた真十郎がまず持ったのは、ここにいては気が滅入るであろう、という印象だ。

茅葺《かやぶ》き屋根は草が生え、土壁が剝がれ落ちた箇所がある建物は田舎の庄屋造りで、木々と高い塀に陽《ひ》ざしが遮られ、全体的に暗い。

表から牢屋は見えない。

戸口に向かっていると、中から役人が出てきた。

「見ん顔じゃが、誰かいの」

いぶかしそうに、眉間に皺を寄せている役人に、真十郎は弘貴の手形を見せた。

「それがしは高森玄馬だ。殿の命で調べにまいった。高見屋幸兵衛と話をしたい」

役人は表情を穏やかにした。

「高森様の、甥御殿ですか」

「うむ」

「高森様には、お目にかからんでもええんですか」

「まずは高見屋幸兵衛だ」

「分かりました。どうぞ、こっちです」

役人は外から裏手に回った。

薄暗く苔《こけ》むしている裏手には、厩《うまや》のごとき建物があり、格子の戸を引き開けて狭い戸口から入ると、太い角材の格子と板壁で仕切られた牢が並んでいる。

役人が振り向き、高森兵右衛門は上級藩士の扱いを受け、母屋の座敷牢にいるという。

いっぽう商人の幸兵衛は、夏でもひんやりとした薄暗い牢屋に一人で入れられていた。

真十郎を案内した役人は、何かあれば声をかけるよう愛想よく告げて出ていった。

大人しく正座していた幸兵衛は、真十郎に恨み言を吐くでもなく、じっと見ている。

「おぬしの家族に話を聞こうと思い店を訪ねたのだが、誰もおらぬのでこちらにまいった」

すると幸兵衛は、鼻で笑った。

「何もお答えすることはないけん」

そばに置かれている急須に伸ばす幸兵衛の手が震えているのを、真十郎は見逃さない。

「喉が渇いとったけえな、ありがたくいただきます」

何を言っているのかと思っていると、曽我が入ってきた。

怒り心頭の様子の曽我は、真十郎に馬の鞭《むち》を突き付け、厳しく問う。

「高森、おどりゃあ《お前は》、門番を痛めつけてまでここに入ってなにゅう《何を》する気なら！」

すんなり通されていた真十郎は身に覚えがなく、罠《わな》に気付いた。

すると幸兵衛が言う。

「曽我様、高森様は、このとおり、水を持って来てくれちゃっただけですけえ」

急須を見せる幸兵衛に、曽我は手を差し出す。

「こっちへ渡せ」

大人しく従う幸兵衛から受け取った曽我は、急須の蓋を取って匂いを嗅ぎ、眉間に皺を寄せた顔を真十郎に向けた。

「鳥兜《とりかぶと》の匂いがするのう。さては、刀を作らせた兵右衛門殿のために、高見屋の口を封じに来たな」

真十郎は動じず、曽我を見据えて言う。

「つまらぬ小芝居は、わたしを貶めるための筋書きか」

「黙れ！　おい、こんなぁ《こいっ》を捕まえ！」

「はっ」

応じた配下の者たちが真十郎の両腕をつかむと、曽我が真十郎の脇差を奪い、着物の上から身体《からだ》を触って検《あらた》め、懐から弘貫の手形を取り出すと、見くだした笑みを浮かべて没収した。

「幸兵衛を出して、こんなぁをぶち込め」

応じた配下が錠前を外して戸を開け、幸兵衛をつかんで引き出すと、真十郎を押さえた二人が手荒く入れた。

戸を閉めて錠前が掛けられると、曽我は片笑み、外へ出てゆく。

配下に促された幸兵衛が去る時、ちらと真十郎を見たのだが、その目は怯えているように思えた。

このままでは、弘貫が危ない。

心配になった真十郎は、近くに見張りがおらぬのを確かめ、頭に手をやる。こういう時のために、日頃から髷《まげ》の中に隠している針金を取り出し、格子を抱くように両手を外に出すと、針金を鍵穴に差し込んだ。

指に伝わる錠前の仕掛けに当たりをつけ、針金を回す。すると、うまく錠前が外れた。

音を立てぬようそっと戸を開けて出た真十郎は、入り口でこちらに背を向けて立っている牢番の背後に忍び寄り、肩をたたいた。

驚いて振り向いた門番の腹を拳で突いて悶絶《もんぜつ》させ、六尺棒を奪って牢屋の外に出ると、幸兵衛の叫び声がした。

殺さんでくださいと言う声がするほうへ行くと、井戸端の石畳に正座させられた幸兵衛が二人がかりで押さえつけられ、命乞いをしていた。

曽我が幸兵衛の背後で刀を下げ、柄杓《ひしやく》を持った配下が、刀身に水をかけている。

口封じに、幸兵衛を殺そうとしているのだ。

必死に命乞いをする幸兵衛の大声に乗じて背後に忍び寄る真十郎に気付かぬ曽我は、刀を振り上げた。

「往生せい！」

声を張り上げ、今にも打ち下ろさんとした曽我の後ろ頭を、真十郎は六尺棒で突いた。

「うっ」

両目が飛び出そうなほど瞼《まぶた》を見開いた曽我は、刀を落として横向きに昏倒《こんとう》した。

その時になってようやく真十郎に気付いた三人の配下が、倒れた曽我を唖然《あぜん》として見ている。柄杓を持っていた配下が真十郎に振り向き、怒鳴った。

「何《なにを》しとんじゃ《するか》わりゃ《貴様》！」

柄杓を投げつけて刀に手をかけたが、抜く前に真十郎が振るった六尺棒で顔を打たれ、むぅんと白目をむいてふらつき、仰向《あおむ》けに倒れた。

戦わず逃げようとした二人を逃さぬ真十郎は、追って六尺棒で頭を打って昏倒させ、このどさくさに紛れて立ち去ろうとしていた幸兵衛を捕まえ、壁に押し当てて問う。

「正直に話せば、殿に慈悲を賜ろう。刀を作らせたのは誰か白状しろ」

「殺されるけ、勘弁してください」

「おぬしを殺そうとした者をかばうのか」

幸兵衛は今気付いたように、はっとした。

「どのような条件を出されたか知らぬが、この場をやり過ごしても、また命を狙われるであろう。それでもいいなら行け」

真十郎が離れると、幸兵衛はその場で両膝をついた。

「曽我様ですよ。倅の借財を帳消しにしちゃるいうて言われて、本家の家紋と分家の家紋を入れた備前の刀を用意しました」

「すり替えたのは、曽我本人か」

「わしはそこまでは知りません。ほんまですけ、信じてください」

手を合わせて懇願する幸兵衛に、真十郎は問う。

「妻子は曽我の人質にされているのか」

幸兵衛は首を横に振った。

「わしは気がこまい《小さい》ですけん、こがぁなことになった時のために、福川城下の親戚に預けとります」

真十郎は、曽我一人の策とは思えなかった。

そこで、曽我が気を失っているのを確かめたあとで、幸兵衛に告げる。

「その足で立ち去れ。そして二度と戻るな。顔を見せたら命はないものと心得よ」

「はい」

幸兵衛は倒れている者たちを恐れた顔で見つつ、走り去った。

真十郎は座敷牢を探しに母屋へ行った。

陰から見ていた牢番たちが、真十郎と目が合うと悲鳴をあげて逃げてゆく。

「おい！　高森兵右衛門殿は、伯父はどこにおる」

番人たちは振り向きもしない。

舌打ちをした真十郎は母屋の中を探したが、座敷牢はなかった。廊下の先から外へ出ると、敷地の西側にそれらしき建物を見つけて入った。

「伯父御！」

耳目を気にしてそう声を張り上げると、奥から力のない返事が返ってきた。

薄暗い廊下を行くと、かび臭い座敷牢に兵右衛門が横たわっている。

「玄馬、よう来てくれた」

起きようとして呻《うめ》く兵右衛門を心配した真十郎は、針金で錠前を開けて入り、そばに付いた。

「安心してください。曽我も倒し、抗《あらが》う者は誰もおりませぬ」

「曽我は悪事に加担しておると薄々思うておりましたが、やはり……」

「高見屋幸兵衛が話してくれました。どこが痛いのです」

「曽我に蹴られたせいで、腰を痛めてしもうただけです。手を貸してくだされ」

真十郎は肩を抱いて起こしてやり、兵右衛門の腕を肩に回して立たせると、牢屋から連れて出た。

まだ気を失っている曽我たちを見た兵右衛門が、縛るべきだと言うが、真十郎は応じず表門から出ると、適当な木を選んで渡した。

「これを杖《つえ》にすれば、一人で山を下りられますか」

受け取った兵右衛門が、いぶかしそうな顔をする。

「何をお考えか」

「ここは、わたしにおまかせを。陣屋に戻って、弘貴殿とお待ちくだされ」

兵右衛門は深く問わず応じて、杖をついて山を下りて行った。

七

門番や牢番たちが逃げた牢屋敷は、ひっそりとしている。

開けられたままの表門から勝手に入ってきた赤毛の犬が、気を失っている者たちの匂いを嗅ぎながら徘徊《はいかい》し、仰向けで倒れている曽我のそばに行き、顔を舐めた。

人に慣れた犬は、尻尾まで振っている。

眉間に皺を寄せ、ゆっくりと瞼を上げた曽我は、犬に気付いて驚き、がばっと身を起こしてあたりを見回した。

近くで倒れている配下を揺り起こす。

「おい！　しっかりせい！」

意識を取り戻した配下の侍は、真十郎に打たれた頭を押さえて顔を歪めた。

立とうとした曽我も、後ろ頭の痛みにしかめっ面をして、怒気を吐いて立ち上がると配下に問う。

「わしを襲うた奴の顔を見たか」

「はい」

「誰や！」

「高森玄馬です」

「なんじゃと！」

驚いた顔をして落ちている刀をつかんだ曽我は、己の目で確かめるため牢屋に急いだ。

牢番はまだ気を失っている。

「おのれ！」

逃げられたことに苛立ちの声をあげた曽我が、はっとした。

「お洋殿」

密かに想いを寄せている女の名をこぼして、急ぎ外に出た。

配下たちを残して獣道を駆けくだった曽我が向かうのは、海辺にある屋敷だ。

領民から、脇屋《わきや》様の館、と呼ばれている屋敷は、宗常とお洋が暮らしている。

日暮れ時の屋敷は、西日に輝く瀬戸内の海を背景に黒い影と映え、裏門に番人の姿がある。

いつもと変わらぬ景色に、玄馬の手が伸びておらぬと安堵した曽我は、頭を下げる番人に開けるよう命じ、裏門の前で一度立ち止まる。そして山手に振り向き、高台にある陣屋を忌々しそうに見上げると、舌打ちをして中に入った。

すぐ出てきた若い侍女に、取り次ぎを命じる。

井戸端に行き、釣瓶《つるべ》を落として水を汲《く》み上げた曽我は、顔を洗い、渇いた喉を潤した。

程なく戻った侍女に続いて母屋に上がった曽我は、宗常とお洋の方がいる客間に案内された。

高価な生地の薄水色の着物が艶《あで》やかなお洋の方と、羽織袴が似合い、弘貴よりも藩主らしく見える宗常が座して待っていた。

厠《かわや》にでも立っていたのか、あとから大林友近が来て、曽我に真顔でうなずくと座敷に入り、宗常の下手に正座した。

お洋の方が微笑んで口を開く。

「曽我殿、先ほどまで大林殿と話をしよったところじゃ。こそこそ嗅ぎ回る玄馬とやらを捕らえたんじゃろう。ほんまに、あんたはよう悪知恵が働くねえ」

宗常が笑った。

「母上、悪知恵いうんは聞こえが悪いですけん、策士と言うてやってくださいや。のう曽我」

三人の期待に応えられなかった曽我は、突っ伏して詫《わ》びた。

「申しわけございません。玄馬にしてやられました」

余裕を見せていた三人の表情が途端に凍り付く。

お洋の方は立ち上がった。

「どういうことね！」

曽我は突っ伏したまま答える。

「思うとったように、まんまと幸兵衛を調べに来た玄馬を捕らえて牢屋にぶち込んだんですが、破られてしもうて、今どこにおるか分かりません。奴がここに来たらいけんけえ、すぐ逃げてください」

宗常が怒気を浮かべて立つ。

「わしらの仕業じゃとばれたんか」

「玄馬を牢屋にぶち込んだあと、高見屋幸兵衛の口を封じようとしとったんですが、後ろからいきなり襲われて、気付いたら今になっとりました。玄馬も高見屋幸兵衛も逃げとりますけん、はあ隠《もはや》し切れません。お洋様、わしと一緒に逃げてください」

立ち上がって手を差し伸べられたお洋の方は、払って拒み、険しい顔で告げる。

「慌てんさんな。本家の家紋が入った刀を弘貴が持っとったのは揺るぎない事実じゃけん、謀反人として討ち取りんさい。首に証の刀を添えて御本家に差し出せばええんじゃ」

宗常が感心する。

「さすがは母上。曽我、大林、今から二人で動け。すぐ弘貴の首を刎《は》ねえ！」

大林が応じて立ち、曽我を促して行こうとした時、庭に人影が差した。

「玄馬じゃ！」

大林が怒鳴ると、宗常と曽我が刀を手に立ち上がった。

真十郎は、座敷で顔をそろえる四人に向き、厳しい目で見据える。

「民のために励んでおる弘貴殿の首を取れとは、実に愚かな考えだ」

「黙れ！　貴様にわしの気持ちが分かるものか」

癇癪《かんしゃく》じみた叫び声をあげる宗常に、真十郎は哀れみを帯びた顔を向ける。

「己の野心しか頭にない者が上に立っても、民は付いてこぬ。そういう国は、滅びの道を辿《たど》るのみと心得よ」

宗常は顔を引き吊らせ、大林が鼻で笑って言う。

「若造が、分かったような口を利くなや。若君は、このこまい沼隈で終わる器じゃないんじゃ。本家を継いで江戸へ行き、老中になってこの国を動かす人じゃ。江戸から帰って、田舎町の者を喜ばせて満足しとる弘貴などに、わしらは付いて行く気はないんじゃ。それに、この沼隈は、わしと若君が守ってきたんじゃ。江戸でのうのうと暮らしとった奴など、主君とも思うとらん」

「おぬしのような考えの者が重臣におれば、御家は乱れるばかりだ」

大林は片笑み、殺気に満ちた目で真十郎を見下ろすと、控えている小姓に手を振って命じた。

応じた小姓が、人を呼びに表に走る。

にわかに騒がしくなり、大林家の家来たちが来た。

襷《たすき》を掛けながら真十郎を囲んだのは、宗常の小姓を入れて十人だ。

六尺棒を持っている真十郎は、まったく動じぬ。

大林が告げる。

「玄馬、成仏せえよ」

「やあ！」

気合をかけて家来が斬りかかってきた。

真十郎は袈裟斬りの太刀筋を見極めて右にかわし、相手が返す刀で斬り上げる前に、六尺棒で頭を打つ。

昏倒した家来を見る暇も与えず、真十郎の背後にいる家来が刀を振り上げた。

真十郎は、気配のみで六尺棒を後ろに突き出す。

腹に食らったその者は、両足が浮くほど飛ばされて背中から落ち、腰を浮かせて苦しんでいたが、気を失った。

真十郎の棒術に、家来たちは焦りの色を浮かべて進み出ようとしない。

「斬れ！」

大林の大声に応じて、三人目が前に出る。

正眼の構えで迫るその者は、気合をかけて振り上げた。

「えい！」

真十郎の裂帛《れっぱく》の気合が飛び、大上段から打ち下ろそうとしていた三人目の胸に六尺棒が突き込まれた。

「うっ」

声を張った三人目は、手加減により飛ばされるほどではないものの、激痛に胸を押さえて、膝からくずおれた。

そこからの真十郎は早い。

六尺棒を回転させて家来たちに迫り、四人目、五人目の顔を打って倒し、応戦してきた六人目を後ろ蹴りで飛ばすと、開脚して地面すれすれに六尺棒を振るい、七人目の足を払って倒し、腹に打ち下ろした。

残る三人は、宗常とお洋の方を守りに下がる。

宗常が必死の形相で、真十郎を指差して家来に怒鳴った。

「奴を近づけるなや！　早よ斬れゆうとろうが！」

小姓は今にも泣きそうな顔をして、真十郎に向ける刀が震えている。

他の二人は、

「くそったれが！」

「はあやけくそじゃ！」

同時に叫び、やあっと声をあげてかかってきた。

六尺棒を右脇に挟んで下げていた真十郎は、相手が刀を振り上げた刹那に間合いに右足を踏み込み、

「えい！」

気合をかけて右の者の下腹を突いた。

「やあ！」

左の者が真っ赤に顔を染め、渾身《こんしん》の一撃を打ち下ろす。だが、真十郎の左肩を斬るはずの一撃は空振りだ。刀を止めたその者の顎に、真十郎が振るった六尺棒が食い込む。

飛ばされた家来は、大林の足下でようやく止まった。

歯を砕かれて気を失う家来を見て、大林は愕然《がくぜん》として真十郎を見る。

険しい顔の真十郎が迫ると、大林はすらりと抜刀して鞘を捨てた。

真十郎は足を止めた。大林から、ただならぬ殺気を感じたからだ。

右手に真剣を下げて対峙《たいじ》する大林は、まったく隙がない。

この者、できる。

真十郎は六尺棒を構えて間合いを詰める。

「えい！」

気合をかけて突くと、大林は右手のみで刀を振るって六尺棒を弾《はじ》き、両手で振り上げて鋭く打ち下ろした。その太刀筋たるや凄《すさ》まじく、常人ならば右の籠手《こて》を切断されていたであろう。

だが真十郎も、剣を極めた者。

大林の一撃をかわし、間合いを取る。

六尺棒を頭上で回転させ、右足を出して棒がしなるほど鋭く打ち下ろして構えた真十郎に対し、大林は瞼を見開いた目で正眼に構えて応じる。

対峙したのは一拍の間だ。

大林が動く気配を察した真十郎は、六尺棒をすっと出して真剣の峰を押さえ、斬り込もうとしていた相手の出鼻をくじいた。

苛立ちの声をあげた大林が六尺棒を打ち払う瞬間の隙を待っていた真十郎が、引いて肩透かしを食らわせ、隙間を鋭く突いた。

胸に食らった大林は激痛に顔を歪めつつも、刀を振り上げる。そこへもう一撃突き出され、かわせぬまま腹の急所を突かれた大林は、呻いて両膝をつき、気を失ってうつ伏せに倒れた。

「大林が……」

本家福川藩内にも知らぬ者はおらぬ剣の達人である。

絶句した宗常だったが、負けん気を面に出して真十郎に刀を向ける。

「おのれえ」

憎しみを吐き捨て前に出ようとした息子の腕に、お洋の方がしがみついて止めた。

「どうあがいてもお前が敵《かな》う相手じゃないけん、もうやめんさい」

「母上、離してください」

「やめえゆうとるのが分からんのね」

幼子を叱りつける口調で告げたお洋の方が、真十郎に向く。

「この子は何も悪うないけん、見逃してください」

想い人の気持ちに沿った曽我が刀を置き、宗常が戦意を失った。

大人しくする三人を前に、真十郎はお洋の方に告げる。

「それは、わたしが決めることではありませぬ。殿のご慈悲にすがるのが、生きる道かと存じます」

お洋の方は気が抜けたように、その場にへたり込んだ。

篝火《かがりび》が焚《た》かれた陣屋の庭に、弘貴を亡き者にせんとした者たちが正座させられた。

宗常を擁立しようとたくらんだのは、お洋の方をはじめ、大林と曽我、そしてその家来や配下たち総勢三十人余り。

兵右衛門が、自ら吟味した謀反の証を読み終えると、すっかり観念した大林は覇気が消え、一気に十は年老いたような面持ちでうな垂れている。

お洋の方は先ほどから、両手を縛られているため、涙で化粧を崩しながら広縁に座している弘貴に宗常の命乞いを繰り返している。

高慢で人を寄せつけぬお洋の姿は、今はどこにもない。

曽我は、そんなお洋を見て辛《つら》そうに空を見上げ、きつく瞼を閉じた。

常に反抗心丸出しだった宗常はというと、髷が解けて落ち武者のようになり、死を賜るのを覚悟しているのか、神妙な面持ちで黙っている。

黙って座していた弘貴は、そんな弟を見据えて口を開いた。

「宗常、罪を認めるか」

ゆっくり顔を上げて目を合わせた宗常は、すぐに目を落とし、後ろ手に縛られたまま頭を下げた。

「申しわけありませぬ」

深く詫びる息子の姿を見たお洋の方が、弘貴に懇願する。

「殺すいうんなら、せめて息子と共に葬ってください。このとおりお願いします」

弘貴はお洋の方に目を向けず告げる。

「宗常、お前とは共に育っておらぬが、血を分けた、たった一人の弟だ。兄弟で争うていたのでは政が滞り、民に迷惑がかかる。このへんで、もうやめにいたさぬか」

死を覚悟していた宗常は、驚いた顔を上げた。

「兄上、わしを許してくれるんですか」

「先ほど御本家から使者がまいり、弘興殿が持ちこたえられたそうじゃ。よって、我らが御本家の跡目を気にすることはのうなった」

宗常はお洋の方に向く。

「母上、わしは兄上に従います」

お洋の方はうなずき、弘貴に頭を下げた。

宗常が言う。

「兄上、二度と野心を抱かぬ誓書に血判を押し、母と屋敷に帰って閉門します」

「いずれ、わたしの力になってもらう。よいな」

「はは」

宗常は言葉どおり、弘貴の前で誓書をしたためて血判を残し、母親と共に屋敷に帰っていった。

この寛大な処置に、兵右衛門をはじめとする弘貴派の重臣たちは不服を一言も漏らさず従い、国家老の大林は隠居を命じられた。

本家に戻された曽我はというと、分家の騒動を密かに把握していた福川藩の国家老から、本来は御家騒動を止めねばならぬ立場だというのに、こともあろうに加担したと厳しく責められた。弘貴が寛大な処置を嘆願したことにより切腹こそ免れたものの、改易に処されて追放され、手荷物ひとつで屋敷を追われ、失意のうちに姿を消した。

曽我の処罰をもってすべてが落着した翌朝、弘貴に呼ばれた真十郎は、茶室で向き合った。

自ら点《た》てた茶を差し出した弘貴は、真十郎に微笑む。

「おぬしのおかげで命拾いをした。この恩はいずれ返す」

「気になされるな。わたしも、世話になったのだ」

弘貴は改めて言う。

「引き続き、ここにいてくれぬか」

茶を飲み干した真十郎は、茶碗《ちゃわん》を返して居住まいを正し言う。

「ではお言葉に甘えて、しばらく世話になろう」

弘貴は嬉しそうに笑い、うなずいた。

第二章　刺客は乙女

一

「玄馬様、おはようございます。朝がだいぶ涼《ずいぶん》しゅうなりましたね」

下女のおすみが明るい声で起こしに来た。

しかし目をさまして身を起こした時には、小柄な姿は廊下から消えている。隣りの板の間に朝餉を調える音がして、炒《い》り子で出汁《だし》を取った味噌汁の香りがする。

炒り子とは、瀬戸内の海で上がるかたくちいわしなどを煮干しにした物だが、真十郎は沼隈に逗留して以来、この炒り子で出汁を取った料理がすっかり気に入っていた。

顔を洗って身支度を整え、一汁一菜《いちじゅういっさい》の朝餉をすませた真十郎が茶をすすっていると、給仕を終えたおすみが、珍しく浮かない顔で口を開く。

「お殿様が江戸に戻られると聞きましたが、旦那様もお供をされるのですか」

真十郎は言葉を選んだ。江戸に戻るつもりはないが、弘貴がおらぬ沼隈で世話になるわけにはいかぬからだ。

「そうなるだろう」

ほんとうは九州に渡る気でいるがそう答えると、おすみは寂しそうな顔をした。

「親兄弟を残して沼隈を去るのは寂しいけど、わたし頑張りますけん、これからもお願いします」

真十郎は意味が分からず問う。

「何を申しておるのだ？」

するとおすみは、打って変わって明るい顔で応じる。

「兵右衛門様から、何があっても玄馬様のお世話をするよう言われとるけん、江戸でもしっかり働かせてもらいます」

真面目で心優しいおすみが、何か思い違いをしているように感じた真十郎は、この場で突き放すようなことは告げずに、兵右衛門の口から暇を出させようと決めて、そうか、とだけ言って出仕した。

今日は、一日かけて沼隈の領内を見回る弘貴に供をすることになっているため、野袴を着けて足袋《たび》と草鞋を履き、編笠《あみがさ》を手に持ち表玄関に向かい、外で弘貴を待った。

重臣を伴って出てくると思っていた真十郎の意に反し、弘貴は一人で来た。

「他の重臣方は……」

問う真十郎に、弘貴は微笑む。

「今日は二人で回る」

第一声のあと、近づいて声を潜める。

「半分遊びに行くようなものゆえな。海釣りをしにまいろう」

昨夜急に誘われたのは、そういうことかと納得した真十郎は、弘貴には息抜きが必要だとも思い快諾した。

「しっかりと、お供します」

二人で笑って表門から出ると、丘をくだった。

沼隈の町を抜けて、船を待たせている港に向かっていると、前を歩く弘貴が、真十郎に振り向かずに言う。

「気付いておるか」

町に入って程なく、跡をつける人の気配が気になっていたが、弘貴も分かっていたようだ。

「うむ」

顔は判別できないが、付かず離れず同じ道に来るのは、煮干しを入れた笊《ざる》を抱えた漁村の女。

一見すると、そのあたりを歩いている女と同じだが、常に警戒をしている弘貴と真十郎の目はごまかせない。

弘貴は海辺の集落に入り、狭い路地を歩いて家の角を右に曲がったところで振り向いて告げる。

「宗常とお洋の方は大人しくしておる。おぬしを狙う者かもしれぬぞ」

「やはり金の亡者からは、逃れられぬか」

「分かっておるなら、刀を持て。人を斬らぬと言うておる場合ではないぞ」

腰から抜いた備前の大刀を渡そうとする弘貴を、真十郎は止めた。

「木刀で十分だ。わたしを狙う者か確かめる。これよりは付いて来るな」

巻き添えを恐れた真十郎は路地を戻った。

すると、小走りで来ていた曲者がくるりと背を向けた。

一瞬だが顔を見た真十郎は、己を狙う者だと確信し、弘貴と離れて別の路地へ走る。

あとを追って走るのは、伊賀《いが》の山中で襲ってきた女だ。

真十郎が四辻《よつつじ》を右に曲がると、笊を捨てた女が追って行く。

海辺の道に出た女は、真十郎の姿がないことに舌打ちをして捜しに走ろうとしたのだが、すぐに止まった。

油断なく下がる女の前に、船小屋の陰から真十郎が出る。

「千両ほしさに、わたしを付け狙うか」

すると女は鋭い目を向け、

「金に興味はない。妹のためだ」

こう述べて、腰の帯に隠していた小太刀を抜き、

「覚悟！」

と声を張り上げ、襲いかかってきた。

真十郎は木刀で受け止める。

刀身の峰に右手を当てて押してきた女だったが、目を見開き、うっと呻いたかと思うと力が抜け、真十郎の足下に倒れた。

弘貴が助けに入ったのだ。

抜き身の刀を持っている弘貴が峰打ちだと言い、女を見下ろして問う。

「妹のためと聞こえたが……」

うなずいた真十郎が、

「事情があるようだ」

そう告げると、弘貴はあたりを見回した。

「一人だ」

真十郎が言うと、弘貴は真顔を向けてきた。

「まだ十代に見えるが、かなり鍛えられておるぞ。何者だろうか」

「妹のためというのがどうにも気になる」

答えた真十郎に、弘貴は呆《あき》れたような笑みを浮かべた。

「そう申すだろうと思うた。陣屋に連れて戻るぞ」

「迷惑はかけられぬ」

「水臭いことを申すな」

「侮るな。ただ者ではない」

すると宗常は、刀の下げ緒を取って真十郎に差し出した。

「ならば縛れ。山の牢屋に連れて行き、話を聞いてやろう。言わぬかもしれぬがな」

応じた真十郎は、気を失っている女の手首を縛り、身体を起こして担ぎ上げた。


座敷で横たわっていた女は、身体をぴくりとさせ、ゆっくり瞼を上げた。

格子の外で床几《しょうぎ》に腰かけている弘貴と目が合うなり、はっとして身を起こし、牢内だと知って、悔しそうに唇を噛む。

弘貴は問う。

「わたしの友を狙うのは、千両のためか、それとも本田家に仕える者か」

女は目をそむけて答えない。

そこへ来た真十郎に、弘貴が言う。

「目をさましたぞ」

真十郎がうなずいて牢座敷の前に立つと、女が見てきた。

恨みに満ちた様子だが、どこか悲しみを含んでいるようにも思えた真十郎は、目を見て問う。

「わたしが命を奪った者の縁者か」

「知りたければ、牢の中に入れ」

目をそらさず言い返す女に真十郎は応じ、弘貴に向く。

「鍵を開けてくれ」

「誘いに乗るな。得物を隠し持っておるかもしれぬ」

「持っておらぬ」

そう言った女は立ち上がり、帯に手をかけた。

「今、証を見せる」

着物を脱ぐため帯を解こうとするのを、真十郎が止めた。

「弘貴殿、鍵を開けてくれ」

「だめだ。女、ここで話せ」

「ふん。おぬしは腰抜けか」

「何！」

気分を悪くする弘貴に、真十郎は手を差し出して言う。

「金のためとは思えぬゆえ、わけを知りたい。鍵を貸してくれ」

「どうなっても知らんぞ」

弘貴は不機嫌に言い、自ら鍵を差し込み、戸を開けた。

真十郎がかがんで足を踏み入れると、ほんとうに入るとは思っていなかったのか、女は呆れたような顔をした。

「お前は馬鹿か、それともよほどのお人好《ひとよ》しか」

こう述べ、座ると見せかけて真十郎に飛びかかり、柔術をもって首に腕を巻き付けて絞めてきた。

弘貴が助けに入ろうとするのを真十郎が手を向けて止め、首を絞める腕からすり抜けるや背後を取り、女を格子に押さえ付けた。

右の手首をつかんで腕をひねられた女は、痛みに顔を歪めて苦しんだ。

「正直に言わぬと骨を折るぞ」

真十郎がそう脅すと、女は観念したように言う。

「痛すぎて話せない。力を弱めてくれ」

力を抜くと、女はほくそ笑み、右腕を離そうとした。

「あきらめろ」

ふたたび腕をひねろうとした真十郎だが、女は恐るべき関節の柔らかさで身体を横転させ、足のかかとで眉間を蹴ってきた。

ふらついて倒れそうになる真十郎の背後を取った女は身体を引き倒し、首を両足で挟んで絞めてきた。

息ができぬ真十郎は足を離そうとするも、女の足は石のように固く、盛り上がったふくらはぎが喉を絞めてくる。

そんな状況の中で、真十郎は苦しそうに問う。

「殺す前に、命を狙うわけを聞かせてくれ」

「妹を取り戻すためには、お前の首を差し出すしかないのだ。許せ」

こう告げた女は曲げた右足の脛《すね》に手を伸ばして力を込め、とどめを刺そうとする。

首の骨がみしみしと音を立て、今にも折れそうだ。

真十郎は、首を絞める女の足首を渾身の力で締め上げた。

「その話、詳しく聞かせてもらおう」

力負けして足技から抜けられてしまった女は、立って離れ、真十郎を睨む。

「おのれ、わざと負けたふりをしたな！」

怒る女に、真十郎は咳《せ》き込みながらも言う。

「誰に脅されている」

女は唇を噛んで横を向き、弘貴に言う。

「わたしを殺せ」

戸惑う弘貴は、真十郎を見てきた。

「お前が死んで妹は助かるのか」

真十郎の問いに、女は悔しそうな顔を向ける。

「妹を、あの世で待つ」

「おい女、聞かせろ」

声をあげた弘貴を、女が見る。

「囚《とら》われの身で真十郎を殺して、どうやって妹を助けるつもりだったのだ」

「…………」

真十郎は、答えぬ女の目の動きを見逃さなかった。そしてこの時になってようやく気配に気付き、座敷牢から出て外に走った。すると、見張っていたはずの牢番たちが倒されており、表門に向かって逃げ去る黒い影がある。

「その者を捕らえよ！」

叫んだ真十郎に応じた牢屋敷を守る番人たちが表門を塞ぎ、刀を抜いて構える。

真十郎が迫り、囲まれて逃げられぬと悟った曲者は、小刀を抜いて逆手に持ち、喉を突いて命を絶った。

番人が覆面を取ると、曲者は武骨な顔をした男だった。

「忍びか……」

死なせてしまったことに顔をしかめた真十郎は、持ち物を探り、女の元に戻った。

女を見張っていた弘貴が、どうだったか問うてきたので、真十郎は首を横に振った。

「自害して果てた」

それを聞いていた女が、悔しそうに叫び声をあげ、両手で顔を覆ってへたり込んだ。

突っ伏してむせび泣く女のそばに歩み寄った真十郎に、来るなと怒りをぶつけた女は、憎しみに満ちた目を向ける。

「あの者の繋ぎが絶えれば、妹は殺されてしまう」

「これのことか」

懐から抜いていた文を見せると、女はうなずく。

弘貴が問う。

「なんと書かれている」

開いた真十郎は、女を見て言う。

「この者の行動が記されている。自害したのは見張り役か」

「そうだ」

弘貴が言う。

「どうやら、妹を人質に脅されているのは嘘ではないようだな」

悲痛な面持ちで目を閉じた女の口の動きを見逃さぬ真十郎は、咄嗟《とっさ》に身を寄せ、腹の急所を拳で突いた。

激痛に息を吐いた女の口から、血が滴り落ちた。

悶絶する女を受け止めた真十郎が、仰向けに寝させた。

「生かすつもりだろう。血を吐くほど力を込める奴があるか」

そう言う弘貴に、真十郎は手を差し出す。

「舌を嚙もうとしたのだ。何か詰める物をくれ」

驚いた弘貴は、番人に命じて晒《さらし》を持って来させた。

受け取った真十郎は適当に裂き、丸めて女の口に詰め込み、血止めをした。

口の中を見ると、まだ舌に血がにじみ出るものの、幸い傷は浅く、命に別状はないようだ。

目をさましてふたたび舌を嚙み切らぬよう猿ぐつわを嚙ませた真十郎は、女の身体を起こして活を入れ、意識を戻させた。

茫然《ぼうぜん》と目を開けた女は、はっとして、猿ぐつわを取ろうとしたが、手を後ろ手に縛られているためできない。

真十郎は、頭を下げて言う。

「わたしのためにすまぬ。妹を救い出す力にならせてくれ」

女は目を開き、何か言おうとする。

弘貴が猿ぐつわを取ると、女は真十郎に怒りをぶつけた。

「逃げてばかりで、刀も抜かぬお前に助けられるものか」

「そのとおりだ」

間を空けず続く弘貴が、真十郎に言う。

「今のおぬしでは、この者の妹を救えぬ」

弘貴を見た真十郎が、女に向く。

「相手によっては、ふたたび刀を持とう。教えてくれ、誰に脅されている」

女は首を横に振る。

「糸を引く者は分からない。だが、わたしが元御庭番《おにわばん》と知るものは、上様と、数人の幕閣しかおらぬ」

弘貴が目を見開いた。

「おぬし、御庭番か」

「元だと言うている」

木葉《このは》と名乗った女は、真十郎を見て言う。

「わたしは解任を機に、江戸市中で妹と二人静かに暮らしていたのだ。ずっと平穏に暮らせると思っていたのに、わたしが一人で買い物に出かけていた留守を狙われ、妹を何者かに攫《さら》われてしまったのだ。その日の夜中に見張り役の男が来て、妹を助けたければおぬしを殺せと脅された。あとは、知っての通りだ」

妹の名は霞《かすみ》。まだ十二だという。

弘貴が問う。

「真十郎が沼隈におるのを、誰から聞いた」

「ずっと、跡をつけていた」

殺す機を探っていたと木葉は言うが、まったく気付かなかった真十郎は、いつでも狙えたはずだと思うのだった。

そして、女が助けを求めているような気がして、放っておけなくなった。

「共に、妹を救い出そう」

弘貴が驚いた顔を向ける。

「おい……」

真十郎は木葉に言う。

「弘貴殿も手を貸すそうだ」

「なっ……」

呆れる弘貴だったが、

「おぬしという奴は、まったくお人好しだ」

こう言って笑い、本気で江戸に戻るのかと訊いてきた。

真十郎が真顔でうなずくと、弘貴も表情を引き締めた。

「分かった。江戸まで藩の船で送ろう」

この時弘貴は、藩の特産品である備後表で名が知られた畳表を将軍家に献上する支度をしており、それを運ぶ船ならば、関所の心配もなく江戸に入れるという。

「いつ発《た》てる」

弘貴は、問う真十郎に答える前に、木葉を見た。

「妹のこと、偽りではあるまいな」

木葉は、懐から螺鈿《らでん》細工の赤い櫛《くし》を出して見せた。

「攫われた証に、妹が母の形見として大切にしていたこれを渡された」

手に取って見た弘貴は、木葉に返して告げる。

「十日後に発つ。ただし、わたしは真十郎のようにお人好しではない。偽りと分かれば八つ裂きにするぞ」

「嘘ではない」

弘貴は一度真十郎と目を合わせ、木葉に告げる。

「真十郎の隣の部屋が空いておる。出立の日までそこで暮らすがよい」

櫛を抱くようにして頭を下げた木葉からは、もはや殺気を感じられぬ。

真十郎は弘貴にうなずき、改めて、江戸に戻る覚悟を決めた。

二

弘貴の一行にまじり密かに江戸へ戻った真十郎は、馬場先《ばばさき》御門外にある沼隈藩の上屋敷に入った。

近くには阿賀家の本家と、真十郎が生まれ育った近江野洲藩の上屋敷もあり、建物はそのまま残っている。

野洲藩の屋敷にいたっては、今は藩を引き継いだ他家の物になっており、縁もゆかりもない。


「近いゆえ思い出して辛かろうが、ここならば安心だ」

弘貴にそう言われて、真十郎は礼を言う。

広い藩邸内で、真十郎のために用意された家は、空き家になっていた重臣のための役宅だ。

大きくはないが、板塀で囲まれた敷地には庭もあり、空き家でも手入れが行き届いている。

共に来たおすみは、沼隈から出たことがないだけに見る物すべてが珍しかったらしく、真十郎と家に入るなり、

「それにしても旦那様、町の通りに人がようけえ《たくさん》おりましたが、祭りでもありょったんですかね」

若い娘らしく目を輝かせ、興奮気味に語った。

真十郎は微笑む。

「祭りでなく、人気の商家が並ぶ通りは毎日あの調子だ」

「ええ！　あっこ《あそこ》で買い物をするんですか。わたしは人がようけえおると酔うけえ、行かれません。それに、道に迷うてしまうけん」

祭りではないと知り、大変だ、困ったと心配するおすみに、真十郎は心配ないと告げた。

「江戸はいろんな場所がある。今日見たところよりまだ人が多い町もあれば、静かに暮らせる町もある。特にこのあたりの町は落ち着いており、人が多くてもゆっくり買い物ができるゆえ安心しなさい。人が多いのは、暮らしておればすぐ慣れる」

よかったと安堵したおすみは、さっそく掃除に取りかかった。

弘貴に呼ばれていた木葉が来たのは、程なくだ。

真十郎とは、長い船旅のあいだに打ち解けており、笑顔こそ少ないが、気を張った態度をしなくなっている。

特におすみとは、歳《とし》が近いとあって気軽に話し、さっそく掃除を手伝った。

一緒に寝ましょう、という二人の会話が聞こえた真十郎は問う。

「木葉、ここで暮らすのか」

廊下を拭く手を止めてこちらを向いた木葉が、真顔で言う。

「寝首を掻《か》いたりはしませぬ」

「そういう意味で問うたのではない。目が届くところにおってくれたほうがよいのでよかった」

見つかれば妹の命が危ないので勝手に動くなと、船の中で言い聞かせていただけに、弘貴が気を回したのだろう。

木葉は部屋の中を見回した。

「なかなかよい家を貸してもらいましたね」

確かに、家はまだ新しく、襖は武家らしく地味で趣があり、廊下も鶯張《うぐいすば》りだ。

重臣のための家は、真十郎が生まれ育った屋敷でも大きめなものがあったが、ここはそれに引けを取らぬ。

公儀御庭番だった頃の木葉も、それなりの屋敷に暮らしていたはず。

どこか満足そうな木葉は、おすみを手伝い掃除に戻った。

真十郎が編笠を手にすると、おすみが声をかけてきた。

「どこへ行かれるんです？」

「木葉の家を見てまいる」

事情を知るおすみは、心配そうな顔をした。

「案ずるな。木葉、近所の者で頼れる者はおらぬのか」

木葉は険しい顔を横に振る。

「妹を攫われた日から、誰も信用していません」

白昼にまんまと連れて行かれたため、周囲の者の関与を疑うのも無理はない。

そう思う真十郎は、話を変えた。

「何か持って来てほしい物はあるか」

木葉は驚いた。

「中に入るのですか」

「ついでだ」

微笑んで答えると、木葉は目を伏せ、着物がほしいと言った。

そのへんは乙女だと思う真十郎は快諾し、頼まれた物を頭に入れて応じた。

脇差も帯びておらぬので、木葉は心配そうに見てきた。

「見つかれば妹が危のうございますから、油断しないでください」

「心得た」

編笠で顔を隠して出かけた真十郎は、神田《かんだ》に足を向けた。木葉が妹と暮らしていた家は、御家人の屋敷が並ぶ中にある。

船旅の途中で場所を聞いていたが、実際に来てみると、御家人の屋敷は同じような門構えのため分かりづらい。

それでも、聞いたとおりの道を辿り、稲荷《いなり》の社がある四辻を右に曲がって五軒目の門前を横目に通り過ぎた。

表札を出していない五軒目がそれなのだが、真十郎はあたりを警戒し、通りを一周して戻った。

怪しい者がおらぬのを確かめて門の前に立ち、門扉《もんぴ》を手で押した。

薄い門扉は長いあいだ使っていないせいか、錆《さ》びた蝶番《ちょうつがい》が耳に不快な高い音を響かせた。

中に入って閉め、膝まで伸びた草を分けて母屋の表に歩む。戸を開けてみると、梅雨時に閉め切っていたせいでかび臭い。

草履を脱いで廊下を奥に進むと、姉妹が二人で暮らしていたというだけあり、部屋は綺麗《きれい》だった。

雨戸が閉められている廊下は暗く、僅《わず》かな隙間からこぼれる日の光を頼りに奥の部屋の障子を開けてみる。

そして、簞笥の前に立った。

木葉から聞いていたとおりに、二段目の黒鉄《くろがね》の取っ手を引いて引き出しを開け、紙の包みを取り出した。頼まれたのは、灰色の地味な着物。その軽さに驚いた真十郎は、包みを開けてみた。

日の光に照らして見ると、裏地は、夜に溶け込む濃紺だった。

「忍び装束か」

妹のために動くつもりだと察した真十郎は、持って来ていた風呂敷を懐から出して包み、肩に斜めがけにして結んだ。

表の門扉を少し開けて外をうかがい、誰もおらぬのを確かめて出る。

改めて家を見た真十郎は、木葉は嘘を言っているのではないと確信し、その場を立ち去った。

帰りながら、この足で本田家に行こうかと考えた。

先にわたしの父を暗殺したのは本田信親だ。仇討ちされても文句は言えまい。親貞に会ってそう告げ、もうやめるよう説得するつもりで屋敷に行こうと決めた時、ふと、跡をつける気配を察した。

不覚を取り、家を出るのを見られたのならば、このまま去るわけにはいかぬ。

何者か見極めるために、人が多い通りに向かった真十郎は路地に入り、身を潜めた。

跡をつけていたのは若い男だ。

木葉の妹を攫った者ではないかと疑う真十郎は、路地を回って男の背後を取り、跡をつける。

真十郎を完全に見失ったと思ったのだろう。あたりを見回した男は一膳めし屋の中を確かめ、苛立ちの声を吐き捨てると、通りを戻ってくる。

真十郎は路地に入って小店の裏に行き、通りを歩く男と裏通りを並走してあとを追い、程なくして後ろに付いた。

紺の無紋の小袖に袴を穿き、腰に大小の刀を帯びている男は、木葉の家に近い、御家人の屋敷に入っていった。

同じ御庭番にしては、隙だらけだ。

真十郎はそれでも、何者か確かめるため男が入った家を訪ねた。大胆だが時を惜しみ、襲ってくれれば取り押さえ、妹の居場所を吐かせる気でいる。

おとないに応じて出てきた男に、真十郎は編笠の端を上げて顔を見せた。

「わたしに用か」

大口を開けて驚いた男は動揺しつつも、挑みかかるように問う。

「あの家に何か用か」

木葉の家を指差す男に、真十郎はふと気付く。

「さては、門扉に音が出るよう細工をしたな」

「そうだ。答えろ、肩に何を持っておる。盗っ人か」

「そうではない。ここに暮らしていた娘を捜している者だ」

「何……」

男は気勢をそがれたように言う。

「誰に頼まれたか知らぬが、無駄だ、やめておけ」

「おぬしも捜したのか」

「ああそうだとも。霞はもうずいぶん前に攫われ、姉の木葉は、頼りにならぬわたしに何も言わずいなくなってしまった。今もどこかで捜し歩いているはずだ……」

そこまで言った男が、はっとしたような顔をして問う。

「おぬしは、誰に頼まれて捜しておるのだ。まさか木葉か」

「金で雇われておるから言えぬが、捜しておるのは霞のほうだ」

飄々《ひょうひょう》とうそぶく真十郎を疑わぬ男は、落胆した。

首に千両かけた人相書きを見ておらぬのか、それとも興味がないのか。

真十郎は探りつつ名乗った。

「わたしは、月島真十郎と申す。姉は元御庭番と聞いているが、おぬしもそうか」

男は力なく応じる。

「いかにも。いや、元ではなく今も御庭番だ。ついでに申せば、姉妹とは幼馴染《おさななじみ》だ」

それにしてはお粗末だと思う真十郎は、そっと問う。

「まことに御庭番か」

真十郎にまかれたうえに、逆に住処《すみか》を突きとめられた男は不機嫌になり、

「油断しただけだ」

むきになって言う。

この者は信用できそうだ。

そう見た真十郎は問う。

「これまでも、姉妹の家に来た者を探ったのか」

「いいや。怪しい動きをしていたのは、あんたが初めてだ。いったい何者だ、正直に教えろ」

探る目を向ける男に、真十郎は真顔で答えた。

「ただの喰《く》い詰め浪人だ。生きるために人探しを生業《なりわい》としている」

「おぬしも大変だな」

同情の色を浮かべた男は、改めて言う。

「拙者は斎藤彦左《さいとうひこざ》と申す。他でもない幼馴染のために、貴殿の力になりたいがどうだ。御庭番は役に立つぞ」

この男に限ってそうは思えぬが、真十郎は情報を得るために、ここは応じることにした。

「妹が攫われた時の話を聞かせてもらえぬか」

「おう、いいとも。むさ苦しいが中に入ってくれ」

誘われるまま表門から入ると、初老の下男が禿頭《とくとう》を下げた。

独り身だという彦左は、下男下女と三人暮らし。

むさ苦しいと言ったが、家は掃除が行き届いており、小さな庭がある表の八畳間で向き合うと、目尻の小皺が優しそうな面立ちの下女が来て、

「旦那様にお客様とは、珍しいですね」

と、嬉しそうに言うと、白湯《さゆ》を出して下がった。

ひとつ空咳《からぜき》をした彦左が、白湯の湯呑みを持とうとして、あっつ、と驚き手を離し、苦笑いで言う。

「熱いので気を付けてくれ」

猛者揃《もさぞろ》いと噂に聞き、木葉と一戦交えている真十郎は、この男が御庭番とは思えなくなってきた。

確かめたい気持ちを抑えていると、彦左が真顔で口を開いた。

「忘れもせぬ。あの日は、木葉の留守を狙った四人の武家らしき男たちが来て、帰る時には二人がかりで長持を担いで行ったので、妙だと思い家に行くと、一人で留守番をしていた霞がいなくなっていた。慌ててあとを追い、霞を取り戻そうとしたが、このざまだ」

正座を崩して見せられたのは、右足の脛にある刀の傷痕《きずあと》だ。

彦左が言う。

「深手を負わされたが、運よく不自由にはならなかった。わたしは腕に自信があったが相手が勝り、霞を助けられなかった。今も思い出すと、口惜しくてならぬ」

真十郎はうなずき、足を戻して正座する彦左に告げる。

「わたしは、妹を攫うたのは本田親貞の仕業と疑っている」

彦左は驚いた。

「若年寄だぞ。何ゆえそう思うのだ」

「本田親貞が、大垣沖信なる者の首に千両の大金をかけておるのをご存じであろう」

「噂のみ耳にしているが、それとなんの繋がりがある」

人相書きの本人を目の前に気付いた様子がないのを見ると、嘘ではないようだ。

真十郎は相手の目を見て切り出す。

「千両をかけるいっぽうで、元御庭番の木葉殿を手駒とするべく目をつけた親貞は、妹を攫うて脅し、憎き大垣沖信の首を取ろうとしたのではないだろうか」

本人から聞いたとは言わず、あくまで想像にすぎぬが、と付け加えると、彦左は片膝を立てた。

「あり得る。本田一族が考えそうなことだ」

真十郎は探りを入れる。

「本田家の者を知っているのか」

「今は亡き先代が老中首座だった頃、仲間が弱みをにぎられてしまい、いろいろ汚い仕事をさせられていた。その挙句に命を落としたのだ」

「仲間の名を傷つけることは言わぬ」

悔しそうな様子から、信親の息子である親貞の仕業を確信した真十郎は、立ち上がった。

「邪魔をした」

「まさか、本田家に行くのか」

「うむ」

「正気かおぬし。相手は若年寄だぞ」

「親貞とは少々因縁があり、知らぬ者ではないのだ」

「なんと、おぬし、ただの浪人ではないな。何者だ」

「見てのとおりだ」

歩みを進める真十郎に、彦左が付いて来る。

「ならばわたしも行こう。一人でも多いほうがいい」

「いや、わたしだけでよい」

「だめだ。わたしも本田家には一物ある。行くぞ」

仲間を喪《うしな》い、幼馴染を想う彦左は聞きそうにない。

「弱みとはなんだ」

真十郎は、先に出る彦左に続いて外に出た。

すると、木葉の家の前に編笠を着けた侍がいた。

羽織袴の後ろ姿は、友のものだ。

「弘貴殿」

真十郎が声をかけると、振り向いた弘貴が歩み寄った。

「わしも行くと言うたのに、何ゆえ黙って出た」

不機嫌な声に、真十郎は微笑む。

「様子を見に来るだけのために、忙しいおぬしの手を煩《わずら》わせるわけにはいかぬと思うたのだ」

「様子見と申すが……」

弘貴は編笠の前を上げ、真顔を彦左に向けて問う。

「この者は誰だ」

「木葉殿とは幼馴染の御庭番だそうだ」

「どうして一緒にいる」

真十郎が答える前に、彦左が告げる。

「初めは真十郎殿を疑っていた。肩に掛けた荷物を見て、霞を攫った者の仲間だと思ったのだ」

「だそうだ」

　真十郎が続き、行こうとするのを弘貴が腕をつかんで止めた。

「二人でどこへ行く」

「本田親貞と話をつけにゆく」

「待て、行けば殺される」

　腕を放さぬ弘貴は、下手に動けば霞を盾にされるとも言った。

　それを聞いた彦左が、真十郎の前を塞いだ。そして、無紋の羽織と袴を着けている弘貴を見て、真十郎に言う。

「お仲間が申されるとおりだ。わたしは霞を攫って行った四人組の顔を覚えている。おぬしが怪しいと思う本田の屋敷を探り、その四人がいないか確かめよう。もしいたら知らせに戻る。話をしに行くのは、それからでもよかろう」

　彦左の意気込みは願ってもないことだが、真十郎は言う。

「わたしに気付かれたおぬし一人では心配だ」

　彦左は笑った。

「あの時は油断したと言っただろう。心配無用。忍び込むのはわたしの得手だ」

鼻を高くする彦左を、真十郎は信じて託すことにした。

「では、おぬしの家で待つ」

「うむ」

と答えた彦左は、走ってゆく。

見送った弘貴が言う。

「あの者、信用できるのか」

「目を見れば分かる。そうだろう、木葉」

真十郎が視線を向けるのに応じて振り向いた弘貴が驚いた。木葉が隣の屋敷とのあいだの路地から出てきたからだ。

頭に掛けた手拭いの端を嚙んで顔を隠し、あたりを探る木葉に、弘貴が言う。

「屋敷で待てと申したであろう」

「江戸に戻ったのに、じっとしていられませぬ」

木葉はそう言うと、彦左の家に入った。

下女が驚いたが、木葉は顔を見せぬようにして言う。

「あるじの帰りを待たせてもらうから、お構いなく」

「どうぞ、お上がりください」

木葉と気付いているのかどうか真十郎には読めぬが、下女は三人を招き入れた。

八畳間に入ったところで、弘貴が木葉に問う。

「そなたは、誰も信用せぬと言うたではないか。行かせてよかったのか」

木葉は手拭いを取ってうなずく。

「妹を攫われた時、彦左は共に捜すと言うてくれたのですが、仲間に言えば妹を殺すと脅されていたため、黙って去ったのです」

弘貴は険しい顔をした。

「ならば、ここにいてはまずいのではないか」

「こうなっては仕方ありませぬ。見張り役が命を絶った今は時がありませぬし、彦左ならば、必ず何かをつかんでくれるでしょうから帰りを待ちます」

真十郎が言う。

「気持ちは分かるが、そなたの姿を見られるのはやはりまずい。弘貴殿、屋敷に戻ろう。彦左に来てもらうが、よろしいか」

「問題ない」

真十郎は下女に、彦左が戻れば沼隈藩の上屋敷に来るよう言伝《ことづて》を頼み、木葉を連れて引き上げた。

夜を待って忍び込んだ彦左は、しばらく庭木のあいだに身を潜め、屋敷内の様子を探った。

池の向こう側にある御殿の広間は明かりが灯《とも》されており、人の出入りがある。家来らしき者が出ていって程なく、広間から怒鳴り声が聞こえてきた。

庭に見張りがおらぬのを把握した彦左は、池を回って広縁に取り付き、障子から漏れる明かりが広縁の下に作る影に横たわり、同化した。すぐ上の廊下を戻ってきた家来は、彦左の存在にまったく気付くことなく広間の前で止まり、障子を開けた。

その時、

「何度言わせる！」

怒鳴り声が彦左の頭上で響き、障子が閉められると音が籠もった。

だが、彦左の耳にはしっかり届く。

「早う沖信を捜し出して、余の前に連れてまいれ！」

親貞の恨みは深いようだと、彦左は思う。

父の仇、という声に、事情を知らぬ彦左は眉間に皺を寄せたものの、聞くことに集中する。そして時が過ぎてゆき、家来どもが下がり、あるじ親貞も去って広間の明かりが消されると、影に潜んでいた彦左はようやく起き上がり、まるで猫のように、足音をさせず走り去った。

三

彦左が沼隈藩の屋敷に来たのは、曲輪《くるわ》内に入る御門が開けられた朝だ。

御殿の座敷で夜通し明かりを絶やさず待っていた真十郎は、まずは弘貴と二人で彦左と向き合った。

次の間で正座する彦左は先ほどから、上座で藩主然とした身なりで座している弘貴を見て口を開かない。

真十郎が問う。

「いかがであった」

「その前に、これはどういうことだ。おぬしら、わたしを騙《だま》したのか」

「わたしは正真正銘浪人だが、こちらは沼隈藩主の阿賀弘貴殿だ」

真十郎が紹介すると、彦左は軽く頭を下げ、真十郎を厳しい目で見る。

「おぬしを雇ったのは、弘貴侯ということか」

「答える前に教えてくれ。本田家はどうであった」

彦左が目を落とした。

「親貞は、集めた家来に大垣沖信を生け捕りにしろと怒鳴っていた。霞を攫うた四人組を捜すまでもなく、親貞の口から木葉の名も出なければ、沖信を殺せとも一言も言わぬ。奴ではないとみて、知らせに来た」

「本田親貞ではないとすれば、千両ほしさの賞金稼ぎに攫われたか」

真十郎がそう言うと、彦左は厳しい目を向けた。

「それはあり得ぬ。木葉が御庭番屈指の刺客だと知る者は、幕閣の中でもごく一部だからな」

弘貴が問う。

「木葉は、人を殺《あや》めたことがあるのか」

「ございませぬ。ただ、殺しの技は、幼い頃から父親に仕込まれ、御庭番衆の中でも頭ひとつ出ておるはずです」

「そのほうの想像か」

弘貴の言葉に、彦左は真顔で答える。

「確かにわたしは、この目で木葉の技を見たことはありませぬが、父親の技を引き継いでおると思われます」

「どうしてそう言い切れる」

「上様から、天下泰平の世に、若い娘が人殺しの技など磨かなくてよいと言われて、二年前にお役御免になったからです」

「それほどに、恐ろしい技と申すか」

彦左はうなずいた。

「木葉の家に代々伝わる技は、御庭番衆随一。ひとたび上様より暗殺の命令あらば、必ず相手の息の根を止めます」

弘貫は真十郎を見た。

「おぬし、よく生きておるな」

小声で言われて、真十郎は真顔でうなずいた。沼隈の牢屋で木葉が得物を隠し持っていれば、ここにいなかっただろうと思うからだ。

真十郎は、鶴の絵が見事な襖に歩み寄り開けた。

顔を向けていた彦左が、正座している木葉を見て驚き、立ち上がった。

「木葉！」

歓喜の声をあげて近づこうとする彦左の前に、真十郎が立ちはだかる。

木葉は出てくると、彦左に頭を下げた。

「黙っていなくなり、心配をかけた」

彦左が目を潤ませるのを見た真十郎は、下がって場を空けた。

木葉のそばに歩み寄った彦左が、腕で目元を拭って笑みを浮かべる。

「また会えてよかった。今まで、どこで何をしていたのだ。真十郎殿から聞いたぞ。大垣沖信を討てと脅されていたようだが、人を殺める気がないから、霞を取り戻そうとしているのだな。おれも手伝うぞ」

「見張りの者が命を落としたから、時がないのだ。ほんとうに、本田親貞ではないのか」

「うむ。違う。霞を攫ったのは本田ではない」

「では誰が……」

「お前のことを知っているのは上様と、五人の幕閣だけだ」

彦左の言葉に、弘貴がいち早く反応する。

「その五人は誰だ」

「大垣家と本田家を除けば、残りは三人の老中です」

弘貴は言う。

「その三人とは、竹田河内守、堀田備中守、水野越後守か」

「いかにも」

彦左がそう言ったが、真十郎は口を出す。

「竹田河内守殿は亡き父も信頼していた人物ゆえ、わたしの首を狙うはずはない」

弘貴がうなずく。

「残るは堀田と水野か。特に水野は、本田派だったな。奴の仕業かもしれぬぞ」

彦左が立ち上がり、木葉に言う。

「おれが水野家に忍び込んで探りを入れよう。必ず霞を見つける」

勇んで出ていく彦左を、真十郎は追った。

「待て、上屋敷にいるとは思えぬ。ここは慎重に……」

「時がないのだ」

振り向いた彦左は、邪魔をするなと食ってかかった。

止めても聞かぬ彦左は、表門を守る番人に潜《くぐ》り戸《ど》を開けさせて外へ出た。

追って出た真十郎は、目の端に、身を隠した人影を捉えたものの、そちらは見ずに彦左に言う。

「そのまま歩け、曲者がおる」

彦左は応じて、大名屋敷が並ぶ通りを歩いた。

真十郎は、袂《たもと》から取り出した黒い風呂敷をさっと頭に巻いて目元から下を隠し、あとに続く。

彦左が振り向いて小声で言う。

「おぬしはよう気付く。浪人にしておくのはもったいない」

跡をつける曲者に気付かれぬよう誘い出した真十郎は、彦左に仕掛けたのと同じようにうまくまき、物陰から相手を見た。

曲輪内で疑われぬよう紋付き羽織と袴を身に着けた曲者は、一見すると旗本か藩士に見える。

だが、明らかに見張りをしており、しかも、跡をつけてきた。

真十郎は、親貞が向けた刺客かと思ったが、その考えはすぐに消し、前にいる頼りない御庭番を見つめる。

「彦左殿、おぬし、親貞に気付かれたのではないか」

「何を言うか。おぬしこそ、木葉の家から戻る時につけられたのではないのか」

「ないとは言えぬ」

「それみろ。奴をどうする。捕らえて拷問するか」

「いや、何者か案内させよう」

彦左は振り向いた。

「おぬしの得意技だな」

曲者から目を離さぬ真十郎は、追って歩む。

こちらに気付くことなく町中を歩く曲者は、やがて上野へ行き、寛永寺《かんえいじ》の黒門前を右に曲がると、寺の関係者が多く暮らす町を抜け、屏風坂門《びょうぶざかもん》の前を通り過ぎてゆく。完全に油断しているのか、一度も振り向くことなく森の小道に入ると、抜けた先の開けた土地に建ち並ぶ瀟洒《しょうしゃ》な造りの別宅のあいだの道を歩み、一軒の屋敷へ入っていった。

途中の小店で編笠を手に入れていた彦左は、目深に被って門前を通り過ぎ、長い土塀の先にある四辻を曲がったところで身を潜め、屋敷の様子をうかがう。

「この大きさは大名家の別宅に違いないぞ」

彦左はそう言うと、調べてくると言い、別の道へ走り去った。

人気がまったくない道に留まるのは危ういが、真十郎は、土塀の角から屋敷の門を見張った。

門番もおらずひっそりとしており、聞こえてくるのは鳥のさえずりのみだ。

程なく戻ってきた彦左が、土塀をたたいて言う。

「沼隈の殿様が睨んだとおりだ。この屋敷の留守を預かっている下男が申すには、目の前の屋敷は水野家の別宅だそうだ。建物は古く、もう何年もあるじは来ておらぬそうだが、世話役の小者が何人か住んでいる」

「水野が親貞に与《くみ》して、首を取りに来たか」

「今なんと申した。誰の首だと？」

真十郎は答えず言う。

「木葉殿のために、中を探れるか」

「容易いことだ。ここで人目に付くとまずい。あの森の麓《ふもと》にある社で待っていろ」

彦左が指差すのは、別宅が並ぶ通りの先にある森だ。

「社があるのか」

「確かあったはずだ」

彦左はそう言うと、裏手に回るべく別の道へ走った。

真十郎は従わず彦左に続いて走り、屋敷の裏手に着くと、畑のほとりにある一本松を指差し、そこで待つと告げた。

応じた彦左は裏手の土塀に取り付き、己の頭より高く、背伸びをしても手が届かぬ土塀の上に身軽に飛び上がり、中の様子を探ると下りた。

その手並みを遠くから見ていた真十郎は、将軍直属の御庭番衆の技量に舌を巻いた。

「まるで猿だな」

たとえを聞くと彦左は憤慨するかもしれぬが、真十郎の目にはほんとうにそう見えたのだ。

猿のごとき跳躍をもって忍び込んだ彦左はというと、庭木の幹に身を隠し、枝葉のあいだに見える母屋の様子をじっと見ている。

下男が言ったとおり、建物は古く、茅葺きの屋根の一部は軒が垂れ落ち、長年忘れられた空き家のごときたたずまいだ。

「ここは、悪人が入り込みそうだな」

そうつぶやいた時、雨戸が開けられている廊下に人が出てきた。

無頼者といった出で立《いた》ちの男は大刀のみを帯に落とし差しにしており、昼前だというのに酔っているのか、千鳥足で、左手には酒の徳利《とっくり》を提げている。

障子を開けた時、赤い着物を着た女が背中を向けて横たわっているのが見えた。

彦左は霞かと目を見張るも、すぐに頭から消す。こちらに向いたのが、化粧臭そうな遊《あそ》び女《め》だったからだ。

別の男が来た。

彦左は、霞を攫った四人組の一人ではないかと目を凝らしたが、顔が違う。

だが、沼隈の藩邸を見張っていたからには、霞はここにいるはず。

そうあってほしいと願う彦左は、場所を移動して調べようとした時、はっとして隠れた。裏の勝手口から出てきた男が、忘れもせぬ、脛に深手を負わせた男だったからだ。

一人では敵わぬ。

そう思いつつ見ていると、男は井戸端で顔を洗おうとした手を止め、庭に鋭い目を向けてきた。

咄嗟に身を伏せた彦左は、息を殺す。

じっと様子をうかがっていた男は、井戸に立て掛けていた大刀をつかみ、彦左が伏せているほうへ歩いてくると、柄《つか》をにぎった。

「そこにおる者、出てこい」

彦左が覚悟を決めて身を起こそうとした時、近くでがさがさと音がしたので見ると、一匹の猿が木のあいだを走り、土塀を越えて逃げていった。

鋭い目で猿を見ている男の背後から、笑い声がした。

「菅《かん》殿、気を張りすぎですぞ」

そう言って出てきた男を見た彦左は、気を殺して目を離さぬ。四人組の一人に間違いなかったからだ。

菅が不機嫌に応じる。

「木葉の家に来た男は、沖信が逗留しておる沼隈藩に入ったのだ。油断するな」

笑みを消した男は、渋い顔で井戸端に来て水を使い、菅が立ち去ると長い息を吐いた。

「油断するなと言うても、猿にまで気を張っておったのでは身が持たぬわい」

猿が逃げたほうを見てそう言うと、母屋に戻った。

真十郎に知らせるべく戻ろうとした彦左は、勝手口から出てきた遊び女が、むすびと汁椀《しるわん》を載せた折敷《おしき》を持っているのを見て、気付かれぬよう移動した。

すると女は離れの戸に掛けられた錠前を外して開けると、

「ご飯だよ」

こう声をかけて入っていった。

確かめようにも、戸口は母屋から丸見えだ。裏に回ってみると、明かり取りの窓は板を打ち付けられて塞がれ、中を見ることはできない。

どうすべきか考えていると、表から、

「早くしなよ」

面倒くさそうな女の声がしたので見ると、犬のように首に縄を付けられた霞が歩いていた。

髪は女が梳《す》いているのか、腰まで伸びたのを組み紐《ひも》で結んである。元々細い身体だったが、閉じ込められて不当な扱いを受けているせいで、袖や裾から出ている手足は折れてしまいそうなほど弱々しい。

女に恐れた様子の霞は、彦左が知っている明るい娘とは別人のようで、怒りが込み上げた。

女を倒して助けようとした時、男が出てきた。

「おい、早く戻ってこい」

「お待ちなさいよう。この子に用を足させなきゃ、可哀《かわい》そうでしょう。さ、早くしな」

外にある厠に入れた女は、戸の前でしゃがんで待った。

一人で早まりしくじれば、霞は殺されてしまう。

己にそう言い聞かせて怒りを抑えた彦左は、今にも倒れそうな足取りにもかかわらず歩かされる霞の姿に、きつく目を閉じた。

「待っていろよ、必ず助けてやるからな」

そう言いつつ、霞が小屋に戻されたのを見届けると、屋敷から抜け出した。

四

「可哀そうで見ていられない。手を貸してくれ」

目に涙を浮かべ、怒りに震えている彦左は、御庭番衆とは思えぬほど感情を表に出している。

熱い気持ちに応えるべく、真十郎はうなずく。

「助けに行こう」

彦左が腕を引き、腰から刀を抜いて押し付けた。

「わたしを傷つけた遣い手は、素手では倒せぬ」

「大丈夫だ」

そう言って行こうとした時、裏門が開いた。

松の幹に隠れて見ていると、四人の侍が出てきた。

「最後に出てきた背が高いのが、わたしに怪我を負わせた遣い手だ。菅という名しか分かっていないが、どう見ても藩士ではない」

真十郎が目で追っていると、背の高い男は立ち止まり、振り向いた。だが、こちらには気付かず歩みを進め、四人は町のほうへ去った。

彦左が言う。

「しめた。残るは世話役の女と小者だけだ。今しかない」

走る彦左に真十郎も続く。

裏門に取り付くと、彦左が身軽に忍び込み、中から開けた。

霞が閉じ込められている小屋に行こうとした時、背後から声をかける者がいた。

「先生、忘れ物ですか」

真十郎が振り向くと、箒《ほうき》を手にした小者があっと声をあげて驚き、人を呼ぼうとしたのだが、真十郎が一足飛びに間合いを詰め、腹の急所を拳で突いた。

悶絶する小者を受け止めて、人目につかぬ木陰に引きずり込んだ真十郎は、彦左を急がせた。

男と戯れる女の笑い声がする部屋を横目に、足音を忍ばせて通り過ぎる。

霞が閉じ込められている小屋の戸口に取り付いた彦左は、懐から出した袋から金具を取り出して錠前の鍵穴に差し込み、慣れた手つきで難なく外した。

戸を開けて中に入った彦左が、霞、霞、おれだ、と言う声を聞きつつ、真十郎は戸を閉めて警戒した。

「彦左兄さん」

か細い霞の声がしたかと思うと、彦左が切迫した声をあげる。

「しっかりしろ」

真十郎が振り向くと、霞を抱いた彦左が来た。

「まるで幼子のように軽い。死んでしまいそうだ」

「急ぐぞ」

真十郎は戸を開けて外へ出た。

裏門では遠回りになるため、表門に走る。

手入れされた表の庭を横切ろうとした時、廊下を曲がって来た小者に見つかったが、声を張り上げずにただ見ている。

真十郎はその者を睨みつつ、霞を抱いている彦左を促して表門に急いだ。

門には誰もおらず、閂《かんぬき》を外して道に出た真十郎たちは、代わる代わる霞を抱いて走り、沼隈藩の上屋敷に急いだ。

途中で意識を取り戻した霞は、抱いて走る真十郎を恐れて身を固くした。

「大丈夫だ。今から姉さんのところに連れて行くから安心しなさい」

それでも霞は気を許さない。

彦左が声をかけても、それは一緒だった。

しかし抵抗する力はないようで、ぐったりと身体の力が抜け、また目を閉じてしまった。

藩邸に戻ると、裏庭へ急いだ。

真十郎が家の前で声を張り上げる。

「木葉！　妹を見つけたぞ！」

すぐに戸を開けて出てきた木葉は、霞の姿を見て絶句し、彦左から抱き取るや、その場にへたり込んで名を呼び続けた。

「霞、霞、しっかりして。目を開けてちょうだい」

声に応じて来た弘貴が、ぐったりしている霞を見て兵右衛門に大声を張り上げる。

「急ぎ医者を呼べ」

「はは」

兵右衛門が門外へ走り出る。

走り通しで息を切らせている真十郎と彦左に代わって、弘貴が木葉から霞を抱き取り、座敷へ上がった。

木葉が自分の布団を敷き、弘貴が寝かせてやると、霞はゆっくりと瞼を上げた。

「霞、姉さんよ」

手をにぎる木葉に目を向けた霞は、僅かに微笑むと、沈むように、また目を閉じてしまった。

彦左が言う。

「厠に連れて行かれる時は歩いていたのに、どうして……」

真十郎が答える。

「おぬしと木葉の顔を見て安堵したのだろう。大丈夫、元気になる」

木葉は可愛い妹の頭をなでながら、ごめんね、ごめん、と、何度もあやまった。

兵右衛門が連れて来たのは、弘貴の御典医長野江雪《ながのこうせつ》だ。

事情を聞いているらしく、すぐに意識がない霞の脈を取り、痩せ細った身体を見ると表情を険しくして、そばを離れない木葉に向く。

「食事を絶たれていたのか」

木葉は、廊下に控えている彦左にどうだったか声をかけた。すると彦左は、着物の前を開かれている霞を見ずに答える。

「世話役の女がむすびを届けていたが、助けに入った時は手を付けず残っていた。食べたくなかったのか、食べられないのかは分からない」

江雪は霞の口を開け、傷やでき物、歯の状態を確かめて言う。

「長いあいだ閉じ込められたせいで生きる気力を失ってしまい、食が細くなっていたのかもしれぬ。助け出すのがもう少し遅ければ、衰弱死していただろう」

木葉は目元を拭った。

江雪は小さな白い陶器を道具箱から取り出し、霞の口をふたたび開けると、茶色の液体を少し流し込んだ。

霞は無意識に口を動かしている。

それを見て微笑んだ江雪は、木葉に向く。

「目をさましたら、しっかり抱きしめて安心させてやりなさい。この薬を朝夕小さじ一杯飲ませて、食事は重湯からはじめるとよい。大丈夫、元気になるぞ」

安堵の息を吐いた木葉は涙をぽろぽろと流しはじめ、帰る江雪に頭を下げて感謝した。

廊下で見送った弘貴が、真十郎を見て言う。

「江戸に戻って以来慌ただしかったが、これでやっと落ち着けるな」

真十郎はうなずき、木葉の前に行って正座すると、頭を下げた。

「わたしのせいで妹を酷《ひど》い目に遭わせてしまった。改めて詫びを申す」

木葉は目を合わせず首を横に振り、弘貴に頭を下げた。

「妹を頼みます」

そう告げて廊下を歩む木葉に、弘貴は驚いた。

「おい、どこへ行く。おい待たぬか」

「重湯を作ります」

木葉は、心配そうに見ているおすみのところに行き、妹のために食事を作りたいと告げた。

応じたおすみが、共に台所へ行く。

弘貴は真十郎の肩をたたき、

「しばらく何もせず、ゆっくり休め」

そう言うと、あとで酒を飲もうと言って帰っていった。

兵右衛門が真十郎に微笑み、弘貴のあとに続く。

彦左が真十郎のそばに来て、厳しい顔で問う。

「何ゆえおぬしが木葉に詫びる。霞が攫われたのは、おぬしのせいなのか」

真十郎が答えようとしたところへ、木葉が戻ってきた。

「彦左、霞を助け出してくれてありがとう」

彦左は驚いた顔をした。

「今、ありがとうと言ったのか」

すると木葉は、目をそらした。

「たまには役に立つのだな」

彦左は、それを言うか、と言いたそうにしつつも、微笑んで反論しない。

木葉はちらりと彦左を見て、またぼそりと言う。

「ありがとう」

するとと彦左は、腰に両手を当て、おう、と答え、嬉しそうな顔をする。

「しばらくここで世話になるつもりだから心配しないでくれ。もう大丈夫だから」

「そうか。ならば、おれは帰るとしよう」

彦左はそう言うと、真十郎にはもう何も訊かず帰っていった。

程なくして、おすみが重湯を持って来た。

礼を言った木葉は、霞の身体をそっと揺らして、名を呼んだ。

ゆっくり瞼を上げる妹を木葉が抱き起こしてやると、霞は顔を見て、お姉ちゃん、と言って抱き付いた。

「ごめんね霞、ごめん」

あやまってばかりの木葉に、霞は顔を見て首を横に振ると、また抱き付いて甘えた。

「おなかすいてるでしょ」

木葉が離れようとしても、霞はしがみ付く。

その姿に目元を拭ったおすみが、お椀とさじを手にして近づいた。

「お姉ちゃんに抱かれたまま食べようね。はい、ああん」

三つ子をあやすようにするおすみに、霞は素直に口を開けた。

食べたことに安堵した真十郎は、そっとその場を離れ、家から出た。
その背中を見ていた木葉は、真十郎が持って来てくれた風呂敷包みに目を向け、重湯を口にする霞に微笑んだ。

裏庭で弓を射ていた弘貴は、真十郎の姿を見て矢を番《つが》えるのをやめ、小姓に渡して広縁に腰かけた。

歩み寄った真十郎は言う。

「おかげで霞が目をさまし、重湯を口にした」

「江雪の気付け薬は、よう効くからな」

そう述べた弘貴は、改めて真十郎の顔を見る。

「まさか、また旅に出ると言うのではあるまいな」

「ここにおれば、おぬしにどのような災いが降りかかるか分からぬ。親貞は、侮れぬからな」

弘貴は厳しい顔をする。

「そうやって、死ぬまで逃げ続ける気か。江戸から遠く離れて、刺客に怯えながら暮らして何が楽しいのだ。奴は逆恨みであろう。話をつけに行くなら、わたしが取り持ってやるぞ」

「霞のためにそのつもりでいたが……」

「旦那様！」

おすみの切迫した声に、真十郎はそちらを向く。

「旦那様、どこにおってですか」

「おすみ、御殿の裏庭にまいれ」

弘貴が声を張り上げると、おすみが竹垣の向こうから来て、真十郎の顔を見ると駆け寄ってきた。

その慌てぶりに、真十郎は霞の身を案じた。

「妹に何かあったのか」

息を切らせているおすみが、胸を押さえながら言う。

「木葉さんが、止めてもいうことを聞かんこう《ないで》、怖い顔をして出ていっちゃったんです。旦那様に、妹を頼むと伝えてくれいうて」

真十郎はふと思い出して問う。

「木葉は、灰色の着物に着替えたか」

「いいえ、紺色です」

夜陰に溶け込むほうに返して着たようだ。

「しまった」

真十郎はすぐさま追って出たが、日が暮れた小路に木葉の姿はない。

どこに行ったか想像がつく真十郎は、夜道を走った。

五

丑三《うしみ》つ時。

町が寝静まる中、盗賊を警戒して夜回りをする役人の集団が小路を歩いてきて、大名屋敷の門前を通り過ぎてゆく。

提灯《ちょうちん》が遠ざかると同時に雲が流れ、空に浮かぶ月の光が通りを淡く照らし、景色が濃紺に染まる。

堀の組み石に蜥蜴《とかげ》のように張り付き、じっと身動きせず役人たちが通り過ぎるのを待っていた木葉が、音もなく小路に這《は》い出る。

頭と顔も濃紺の布で覆っているため、景色に溶け込んで姿が見えにくい。

頃合いは今だ。

小路を走って取り付いた漆喰《しっくい》の塀は、水野越後守頼孝《よりたか》の中屋敷だ。妹を攫い、真十郎の首を狙わせる非道なやり口に怒れる木葉の目つきは、鷹のように鋭くなっている。

木葉が、憎き頼孝を討つため曲輪内の上屋敷に忍び込み、機をうかがっていたところ、水野頼孝は家来を従えて大名駕籠《かご》に乗って出かけ、浅草寺《せんそうじ》の近くにあるこの中屋敷に入った。

御庭番衆のはしくれとして、老中の屋敷をすべて頭に入れている木葉は、じっとこの時を待っていたのだ。

長屋塀を見上げた木葉は、自分の家から持って来た鉤縄《かぎなわ》を解き、右手でぐるぐると振り回して屋根に投げ上げた。

からん、と乾いた音がすると、木葉はすぐには動かず様子をうかがう。

気付かれた気配がないのを確かめ、ゆっくり縄を引き、手ごたえがあったところで体重をかけ、腕の力だけで登ってゆく。

長屋塀の瓦屋根から中の様子を見ると、宿直《とのい》の者が詰める部屋に明かりがあるのみで、外を見張る人影はなかった。

猫のように音もなく飛び降りた木葉はすぐさま走って御殿に近づき、雨戸がないところから忍び込んだ。

廊下は鶯張りのはずだが、鍛えられた木葉は歩いても音をさせない。

大胆にも宿直の者が詰める部屋の前を通り過ぎ、奥御殿に渡った。

寝所で夢の中にいた水野頼孝は、気配に目を開けた。その刹那、首に冷たい刃《やいば》が当てられ、目を見開く。

「何者だ」

問う頼孝に、

「木葉だ、覚悟しろ」

と言うと、
水野は刃物を恐れず身を起こして、渋い顔を向けた。

「上様に暇を出されたそのほうが、何ゆえわしの命を狙うのか」

「惚《とぼ》けるな。わたしに人を殺させるために、妹を攫わせたではないか」

「わしは知らぬ。おぬしともあろう者が、策に嵌《はま》って動くとは情けない」

「黙れ。妹は貴様の別宅に囚われていたのだ。知らぬとは言わせぬ」

「どこの別宅じゃ」

「ここから近い場所にあろう。知らぬとは言わせぬ」

「別宅は確かにあるが、わしがそなたの妹を攫うはずはなかろう」

目を見る限り、惚けているようには思えなかった。

だが、霞が囚われていたのは揺るぎない事実だ。

「騙されぬ」

本人の口から認めさせるため、小太刀を突き付けて責めようとした時、廊下の鶯張りが鳴った。

「殿、いかがなされましたか」

家来が障子越しに声をかけた。

小太刀を首に当てられている頼孝は、恐れてごまかすかと思いきや、気を取られた木葉の僅かな隙を突き、手首をつかんで刃を離すと大声をあげた。

「曲者じゃ！」

すぐさま障子を開けた小姓が脇差を抜き、頼孝の手を振りきって小太刀を振り上げたばかりの木葉に迫った。

「おのれ！」

大音声に応じた木葉は横に転がり、振り下ろされた脇差から逃れると前に飛び、障子を突き破って廊下に出て庭に飛び下りた。

その素早い動きに小姓は啞然とし、廊下に出て声を張り上げる。

「刺客が裏に逃げたぞ！　門を守れ！　逃がすな！」

裏門に走る木葉は忍び装束だ。提灯のみを持っている中間《ちゅうげん》たちの目にはよく見えぬ。

どこだ、と言いながら目を凝らしていた中間たちの前に、闇から染み出るように迫った姿にぎょっとし、慌てて六尺棒を構えるも時すでに遅く、木葉は小太刀で頭を峰打ちしながら走り抜けた。

呻いて倒れる中間たちに目もくれず裏門を開けようとした木葉のすぐ横に、小《こ》柄《づか》が突き刺さった。

戸を開けて振り向くと、二人の侍が追ってくるのが見えた。

舌打ちをした木葉は外に出て、暗い道を大川のほうへ走る。

だが、表から先回りした三人の侍が行く手を阻んだ。

「我らは馬廻り衆だ。あきらめて刀を捨てろ！」

正面の一人がそう告げた時、背後で呻き声がした。

壁を背にした木葉がそちらを見ると、木刀を持った真十郎が一人を倒し、二人目の腹を突いて逃げ道を空けた。

「来い！」

真十郎に応じて走ったが、裏門から新手が五人出てきた。

真十郎は木葉の手をつかみ、表側の三人に向かう。

馬廻り衆の一人が前に出て、刀を下段に構えた。

真十郎は木葉を守ってその者に迫り、木刀を打ち下ろした。

馬廻り衆は、右足を踏み出し、

「えい！」

裂帛の気合をかけて斬り上げる。

鋭く一閃《いっせん》された白刃に、真十郎の木刀はすっぱりと切り飛ばされた。

馬廻りの侍は攻撃の手を緩めることなく、一文字に一閃しようとする。

間合いに飛び込んで手首を受け止めた真十郎は、短くなった木刀で相手の額を打ち、昏倒させると、やむなく刀を奪った。

木葉を守り、迫る馬廻り衆に向かう。

「おう！」

裂帛の気合をかけた馬廻り衆が打ち下ろす一刀を弾き上げた真十郎は、鋭く振るって相手の太腿《ふともも》を浅く切り、三人目に迫ると、相手が刀を打ち込む隙を突き、刀を突き出し、籠手に刃を当てて浅手を負わせた。

手首を押さえて怯《ひる》んだ相手に切っ先を向けて下がらせた真十郎は、木葉に走れと告げ、新手が追い付く前に逃げた。

「追え！」

「逃がすな！」

新手の五人が走って来る。さらに、横手からも四人出てきて、また前を塞がれる。

立ち止まって小太刀を構える木葉の腕をつかんだ真十郎は、商家のあいだの路地に引き込んで逃げた。抜け出ると、目の前は、墨のように真っ黒な大川が広がっていた。

木葉が真十郎を見た。

「刀を使わぬのではなかったのか」

真十郎は何も答えず刀を捨て、木葉の腰を抱いて引き寄せた。

すると木葉が、目を見開いた。

「待て、わたしは……」

聞く前に真十郎は川岸を蹴り、大川に飛び込んだ。

路地から出てきた追っ手が提灯と松明《たいまつ》で照らすも、頼りない明かりでは遠くまで見ることができない。

舟を出せという声が水面を走り、川風に消された。

水しぶきの音に追っ手が提灯を向けると、浮かんで来た鵜《う》が、明かりに誘われた魚を飲み込んだところだった。

第三章　政争と野望

一

わたし、泳ぎが苦手なの……。

息苦しくなり、暗い水の中でもがいても、沈んでゆく。

ゆっくり瞼を上げた木葉は、頭を触られているのに気付いて眼差しを上げた。

鼈甲《べっこう》の櫛を持った手が見えた。

ゆっくり前頭から後ろに髪を梳く手つきはとても優しくて、心地いい。

目を閉じた刹那我に返り、真十郎に助けられたのを思い出した木葉がふたたび見上げる。

髪を梳くのは見知らぬ女だった。

目が合うと微笑んだのだが、どこか殺気を帯びている。

命の危険を感じた木葉が起きて振り向くと、女は驚いたように言う。

「泊めてあげたんだから、そんなに怖い顔をしないの。ところでお前さん、真十郎の旦那とはどういう仲なんだい」

「あなたは誰」

「まあ、気を失っていたから無理ないか。わたしは玉緒。ここのあるじだから安心してちょうだい。それより、さっきの答えを聞かせておくんなさいな」

木葉は眼差しを下げ、玉緒の手元を見た。櫛がぎゅっとにぎられている。

「命の、恩人です」

「こっちを見て」

言われるまま顔を上げると、玉緒が心底を探るような目をする。

「いつから知り合いなの」

「恩人ですが、深い仲ではありませぬ」

慮《おもんぱか》って答えると、玉緒は目尻を下げ、ようやく殺気が消えた。案外単純なようだ。

木葉は部屋を見回した。八畳の座敷の襖は、可愛らしい三毛猫が描かれており、庭から吹き込む風が心地いい。

「真十郎殿に礼を言いたいのですが……」

木葉は口を閉じた。玉緒がしかめっ面をしたからだ。

「お前さんを置いて出ていったきり戻ってこないんだよ。まったく、せっかく帰ってきたっていうのに、どこをほっつき歩いてるんだか」

「わたしのことか」

声がした裏庭に二人が顔を向けると、真十郎が来た。

着替えをしたらしく、紺の無地の小袖に、黒の真新しい袴を着けている。

目が合った木葉は、すぐにうつむいた。大川へ飛び込んでから、苦手な泳ぎで必死に対岸を目指したが、途中で溺《おぼ》れてしまい、暗い水の中に沈んだ。

もうだめかと思った時、強い力で引き上げられた木葉は、思わず真十郎に抱き付いたのだ。

そこまでは覚えていたため、真十郎の顔を見ると恥ずかしくなり、顔が熱くなった。この時はっきりと、沼隈の牢座敷で取っ組み合いをした時とは違う己の気持ちに気付いたからだ。

じっと木葉を見ていた玉緒が、廊下に上がった真十郎に問う。

「こんなに可愛い乙女を置いて、どこに行っていたんです」

「そなたには関わりない」

つっけんどんにされた玉緒は、憤慨して背を向ける。

「ああそうですか。だったら、今すぐ出ていってくださいな」

「そういたそう。木葉、周囲に奴らはおらぬゆえ、今のうちにゆくぞ」

木葉は玉緒を気にする。

「わたしが命を狙われているから、関わらぬほうがいいのです」

玉緒は驚いたが、すぐに納得した顔で言う。

「ずぶ濡《ぬ》れでお前さんを抱いて転がり込んだんだから、そんなことだろうと思っていましたよ。旦那、わたしを通さず用心棒をしているんじゃないでしょうね」

こんな時にも商売っ気を出す玉緒に、真十郎は呆れつつ言う。

「そうではない。この娘は、わたしのせいで命を狙われる羽目になったのだ」

玉緒は木葉を見た。

「まさか、旦那が首に千両かけられたのと関わりがあるの？　悪党どもから匿《かくま》ったの？」

推測で質問攻めにする玉緒に、木葉はどう答えていいか迷い、真十郎を見た。

「そういうことだ」

真十郎は嘘をつき、玉緒の目を見る。

「ここにいては、お前も危ない目に遭うかもしれぬ。木葉、まいろう」

うなずいた木葉は、玉緒に言う。

「わたしの着物はどこにありますか」

「盥《たらい》の水に浸けたままだよ」

「着替えはここにある」

真十郎は、おすみに用意させたと言い、風呂敷包みを置いて廊下に出た。

木葉が包みを開いてみると、黄地に赤の縞柄《しまがら》の小袖と、黒の帯が入っていた。

着替えをして寝間着をたたみ、玉緒に頭を下げて障子を開けた。

待っていた真十郎が、玉緒に向く。

「世話になった」

そう述べて、草履をつっかけた。

木葉は、真十郎が持って来ていた草履の赤い鼻緒に足の指を通し、玉緒に振り向いて頭を下げた。

縁側に出た玉緒は、心配そうな顔で言う。

「旦那、やっぱりいてください。ここなら見つかりっこないんですから」

真十郎は振り向く。

「玉緒」

「なんです」

「世話になっておきながらすまぬが、わたしのことは忘れてくれ」

懐から紙の包みを取り出した真十郎は、玉緒の足下にそっと置いた。

拾った玉緒が、その重さで小判だと気付き、真十郎を見る。

「迷惑料だ」

真十郎はそう言うと、木葉を促して裏庭を歩む。

裸足《はだし》で追った玉緒が、真十郎の背中にしがみ付いた。

「必ず戻ると約束して。でなきゃ許さないんだから」

今にも泣きそうな声に、真十郎は振り向かずに言う。

「玉緒……」

「世話をしたんだから、ちゃんと借りを返しなさいよ」

強がって言い換える優しい女に、真十郎は微笑んで応じる。

「十両では足りぬか」

玉緒は離れて、真十郎の前に回って顔を見上げた。

「一緒にお酒を飲んでくれるだけでいいんです」

目尻を下げる玉緒に、真十郎は笑って応じ、出ていった。

木葉は玉緒に深々と頭を下げ、真十郎の後を追った。

見送った玉緒は、

「約束破ったら、承知しませんからね」

声を張り上げたものの、寂しそうで不安げな目には、うっすらと涙をためている。

振り向いた木葉は、ふたたび頭を下げ、裏路地から出たところで真十郎に並び問う。

「あの人とは、どういう仲なのですか」

「以前江戸にいた時、ずいぶん世話になった」

「頭が上がらぬのですか」

「まあ、そんなところだ」

木葉は横顔を見て訊こうとしたが、やめた。

「いかがした」

顔を向ける真十郎から目をそらす。

「なんでもありませぬ」

先に進む木葉の後ろ姿を目で追った真十郎は、首をかしげて、歩みを進めた。

何ごともなく、沼隈藩の屋敷に戻ると、おすみが出てきた。

「お帰りなさい旦那様、木葉様、霞様はご心配なく」

にこやかに言うおすみに、木葉は申しわけなさそうに頭を下げた。

「心配をかけました」

「旦那様からご無事じゃいうて聞いとったけん、気を遣わんでください。霞様も、今朝からお粥《かゆ》を食びょってですよ」

「ありがとう」

「そうそう、忘れるところでした。お二人を殿様がお呼びです」

真十郎はうなずき、木葉を連れて御殿に向かった。

小姓の案内で表御殿の座敷に行くと、書類に目を通していた弘貴が家来を下がらせ、真十郎と木葉に座るよう促した。

下座で正座する木葉を見て、無事でよかったと告げた弘貴が、正面に座った真十郎に言う。

「兵右衛門に金を借りたそうだが、何に使う。刀を手に入れる気になったのなら、備前を遣わそう」

「そうではない。世話になった者に渡した」

弘貴は探るような目で笑みを浮かべた。

「さては女だな。また旅に出るつもりで手切れ金を渡したのか」

「勘繰《かんぐ》らないでくれ。ただの礼金だ」

「まあ、そういうことにしておこう」

そう言った弘貴が、木葉に向く。

「そなたと妹に、屋敷内にある長屋を用意した。安心して暮らすがよい」

木葉は真十郎を見た。

「それを頼みに、わざわざ戻っていたのですか」

真十郎が答える前に、弘貴が言う。

「また妹を取られて、そなたが敵の手に落ちては厄介ゆえ、わたしが手元に置いておきたいのだ」

「そういうことでしたら、お世話になります」

素直に従う木葉に、弘貴は目を細める。そして問う。

「真十郎から聞いたが、水野老中はまことに知らぬようだったのか」

木葉はうなずく。

弘貴は、真十郎に問う。

「おぬしに聞いて以来ずっと考えていたのだが、さっぱり分からぬ。いったい誰が、水野老中に罪を着せようとしたのだろうか」

「わたしも考えていた。まず堀田老中だが、水野老中とは朋輩ゆえ考えられない」

「となると、残るは竹田老中しかおらぬぞ」

「あの御仁は我が父の友であり、幕閣の中で唯一の味方といえる存在だ」

「そうだな。おぬしが生きておるのをわたしに知らせてくれたのも竹田殿ゆえ、命を狙うなどあり得ぬか」

真十郎はうなずき、思いをぶつける。

「やはり、本田親貞しか考えられない」

これには木葉が異を唱えた。

「わたしは、親貞を調べて違うと判断した彦左を信じます」

弘貴が腕組みをした。

「ではいったい誰なのか」

ため息まじりに言う弘貴に、真十郎は考えを述べる。

「わたしの命を狙うのは、親貞しかいないはずだ」

弘貴は腕組みを解いた。

「確かに、今のところはそうだな。しかし、まことに他にはおらぬのだろうか」

「木葉殿のことを知る者に絞れば、残るは上様になる」

「それはあり得まい」

弘貴が即座に否定するのは、将軍が真十郎を殺す理由がまったくないからだ。

「だが、何か裏があるように思えてならぬ」

一点を見つめて親指の爪を噛みはじめた弘貴に、真十郎が問う。

「裏とはなんだ」

「それを今考えているが、筋立てにまとまりがつかぬ。どうにも、濃い霧に包まれてしまう」

弘貴の頭に何が浮かぼうとしているのか。

読めぬ真十郎は、木葉に言う。

「そなたたち姉妹を利用しようとした者を必ず暴き出し、二度と手を出さぬようにいたす」

「わたしも手伝います」

「いや、それはならぬ。そなたはここで、妹を守るのだ」

木葉は不服そうな顔をしたが、こくりとうなずいた。

「ああ、見えぬ」

苛立たしげに声をあげた弘貴が立ち上がり、何やらぶつぶつと独り言を言いながら座敷をうろうろしはじめた。

沼隈で命を狙われていた時よりも真剣な顔を見て、真十郎は声をかけずにはいられない。

「弘貴殿、わたしはやはり、親貞の仕業としか考えられぬゆえ、あの者の逆恨みをどうすれば抑えられるか、ここでじっくり考えてみる」

弘貴は真十郎に歩み寄ってきた。

「旅に出ぬと申すか」

「もう逃げぬことにした」

嬉しそうにうなずいた弘貴は、真十郎の肩をつかんだ。

「わたしも共に考える。おぬしたちが大手を振って外を歩ける日が来るまで、力を合わせようぞ」

木葉は真顔で頭を下げ、真十郎は微笑み、友の気持ちを嬉しく思うのだった。

二

同じ日、訪ねて来た水野老中から一連の話を聞いていた親貞は、鋭い眼差しで問い返した。

「今、木刀とおっしゃいましたか」

話の腰を折られた水野は、真顔でうなずく。

「いかにもそうじゃ。我が馬廻り衆は遣い手が揃うておるが、相手が木刀でかかって来たゆえ油断し、木葉を取り逃がしてしもうた」

「助けたのは沖信に違いない」

水野は目を見張った。

「沖信じゃと。江戸におると申すか」

うなずいた親貞は、同座している筆頭家老の松下春敬《まつしたしゅんけい》と次席家老の今福欣吾《いまふくきんご》に告げる。

「沖信は必ず江戸におる。奴に縁のある者をことごとく見張り、現れれば生け捕りにせよ。決して抜かるでないぞ」

厳命を受けた松下と今福は直ちに動くべく、水野に低頭して座敷から出ていった。

同じく同座していた二人の旗本のうち、知恵者の佐倉が水野に問う。

「御老中、それがしの考えを述べてよろしいでしょうか」

水野はあしらうように発言を許した。

「では、言上申し上げます」

一言断り、佐倉が切り出す。

「元御庭番の女の妹を攫うた者は、千両が狙いと見せかけ、その実は沖信ではなく、そなた様のお命を狙うておるのではないかと考えます」

水野はくまが浮く老顔を向け、瞼を見開いた。

「わしの命を狙うじゃと」

「憶測にすぎませぬのでご容赦を。仮にそうだとすれば、思い当たる者はおりませぬか」

水野は首を横に振る。

「わしは長らく老中の座におるが、改易に処した者は一人もおらぬし、罪人に罰をくだすのも御公儀の名の下じゃ。恨みを買うた覚えはない。それに、隠居間近の年寄りを殺して、なんの得があると申すのだ」

ええい、と苛立ちを隠さぬ水野は、親貞に向いて言う。

「黒幕は、元御庭番の女が妹を助けた時に矛先を向けられぬよう、長年空き家同然のわしの別宅に目を付けて監禁したに違いない。そうに決まっておるぞ」

「わたしは木葉なる者を存じませぬが、己に刃が向けられる危険を冒してまで妹を攫うて脅し、沖信めの首を狙わせたのは、優れた腕の持ち主ゆえにですか」

水野は渋い顔で答える。

「木葉の父親は、暗殺者として優れた技を極めていた。その父親から技のすべてをたたき込まれておるのは事実じゃ。暗殺に徹して、妹を攫うた攫わぬの問答をしておらねば、今頃わしは、三途の川を渡っておる」

気色悪そうに首をさする水野の様子に、木葉のことを優れた暗殺者と睨んだ親貞は、千両ほしさに、御庭番の誰かが仕組んでおるかもしれぬと疑った。そこで、水野に投げかけてみる。

「木葉が妹を取り戻しに来た時に備え、御老中に矛先が向くよう仕向けたのは、木葉の気性をよく存じておる者ではないでしょうか」

　水野は驚いた顔をした。

「まさか、御庭番と申すか」

　親貞はうなずく。

「御庭番の者にとって、千両は大金ですからな。お調べになってはいかがですか」

　水野は忌々しげな顔をした。

「けしからぬ者は、わしの手で必ず見つけ出してやる」

「相手は御庭番です。やるからには、手加減は禁物ですぞ」

「分かっておる」

　殺されかけた水野は、木葉を怒らせた黒幕を突きとめるべく、すぐに動いた。

　屋敷に戻った水野は家来たちを集め、別宅を勝手に使っていた者を必ず捕らえろと命じるいっぽうで、御庭番衆に対して厳しい態度で臨んだ。

　金に困っている者を洗い出させ、三日のあいだに五人の名が浮かぶと、すぐさま捕らえさせた。

　屋敷に連れて来られたのは男三人と女が二人。

　いずれも御庭番衆だが、まだ若く、家禄も低いため食うのがやっと。しかし、木葉の妹を攫うた覚えはないと否定した。

御庭番は、何があろうと口を割らぬよう鍛え抜かれている。

そのことをよく知っている水野の前では、かえって裏目に出た。

否定にまったく耳を貸さぬ水野は、竹田がおらぬのをいいことに、若き将軍など、どのようにも操れると高をくくり、御庭番に対する拷問を命じる暴挙に出たのだ。

「わしは命を落としかけたのじゃ。やれ!」

親貞の言葉を信じ、怒りに目を充血させた水野の目の前で、御庭番の五人は身ぐるみはがされ、激しく棒で打たれた。

気を失えば水を浴びせ、繰り返し打たれても、石を抱かされて足の骨が悲鳴をあげても罪を認めない。ならばこれではどうだと、縄で足首を縛って逆さに吊《つ》るされ、水を張った樽《たる》の中に頭から落とされて苦しめられても、身に覚えがない、濡《ぬ》れ衣《ぎぬ》だと訴えていた。

二日間責めても落ちぬため、功を焦った水野の家来が若い女に目を付け、炭火から火箸を取り出し、真っ赤な先を見せて目を焼き潰すと脅した。

若い女は唾を吐きかけて睨んでいたが、配下に頭を押さえられ、瞼を無理やり開けられると、目の前に迫る火箸を見て悲鳴をあげた。

「おれがやった！」

そう叫んだのは、仲間の男だ。

女を助けるための嘘だが、水野の家来にとってそれはどうでもいい。

家来の報告を疑いもせぬ水野は、御庭番屈指の暗殺技を身に付けている木葉の目をそらすべく、妹を攫うたうえに、水野家の別宅を勝手に使い家名を汚した罪状と、五人の若者の名を世間に曝《さら》して投獄したのだ。

だが、ことは大きくなった。

五人の若者は、御庭番衆の将来の担い手であり、幼い頃から大事に育てられた有望な者たちだっただけに、貧しくとも悪に手を染めることはない。まして、元御庭番衆の木葉を脅すことなど、あり得ぬ。

だが御庭番衆の長老たちは、老中の水野に直談判《じかだんぱん》をするような稚拙な行動は起こさなかった。

長老たちの息がかかった彦左が木葉を訪ねたのは、五人が投獄された翌日だ。

霞の様子を見に来たと言うが、どこか様子がおかしい。

「ほんとうは、なんの用があって来たのだ」

木葉が問うと、

「今日は……」

口を閉じた彦左は、木葉の目を見て微笑む。

「その生意気な顔を見に来ただけだ。じゃあな、達者で暮らせ」

本音を隠して帰ろうとする彦左の腕をつかんで止めた木葉が、ようやく笑顔を取り戻した霞に聞かせぬよう、外へ連れ出して問う。

「いったい何があった。わたしにできることなら手伝わせてくれ」

「よせよせ、お前はもう御庭番ではない身だ」

「ではなぜ来たのだ。ほんとうのことを言ってくれ」

「言っただろう、その不細工な顔を見に来ただけだって」

木葉はじっと彦左の目を見る。

「彦左、言ってくれ」

彦左は目を伏せ、また目を合わせてきた。

「仲間のために、大仕事をする。もし無事やり遂げたら、木葉、おれと一緒になってくれぬか」

初めて見る真剣な顔に、木葉は動揺した。

「きゅ、急に何を言う」

彦左は軽やかに笑った。

「冗談に決まっているだろう。また来るから、次はお前の手料理を食べさせてくれ。霞を助け出した礼をまだしてもらっていないからな」

じゃあなと言って行こうとする彦左の腕を、木葉はふたたびつかんで止めた。

「渡したい物があるから、ここで待っていて」

部屋に戻り、作っておいた紫の巾着を手に外へ出ると、差し出した。

受け取った彦左が、長い紐が付いた巾着をじっと見つめている。

木葉が言う。

「おばさんの遺骨を、今でも持ち歩いているのだろう」

「うん」

彦左は、首に下げている小さな袋を胸元から出して見せた。長く使っているため薄汚れている。

「それでは、おばさんが気の毒だ」

木葉の言葉に、彦左はようやく理解したらしい。明るい顔をして新しい巾着を見ると、嬉しそうに笑った。

「戻ったら一緒になってくれ」

「馬鹿……」

背を向ける木葉に、彦左は正面に回って向き合う。

「おれは幼い頃から、一緒になるのは木葉しかいないとこころに決めていたんだ。うんと言ってくれれば、力が湧く」

木葉は、真剣な彦左の目を見た。

「命がけの役目なのだな」

彦左は答えず、木葉を抱き寄せた。

「仲間を助けるために、おれは行く。きっと戻ってくるから、その時は……」

「断る」

先を言わせず拒む木葉に、彦左は驚いたような顔で見た。

「どうして……」

「そういうことは、役目を終えてから言うものだ」

「そう……だよな。おれが悪かった。今のは忘れて……」

離れようとした彦左を木葉が引き寄せ、唇を重ねた。

茫然とした彦左は、離れてうつむく木葉の手をつかむ。

「待っていてくれ。必ず迎えに来る」

「うん」

微笑む木葉に、彦左は笑って離れ、役目を果たしに走り去った。

待っていたかのような咳ばらいに、びくりとした木葉が生垣のほうを見ると、弘貴が出てきた。

とぼけたような顔をしている弘貴が、彦左が去ったほうを見ながら歩み寄り、木葉を見てきた。

「おぬしたちは、そういう仲だったのか」

「今のは、その……」

言いわけが出ぬ木葉は、恥ずかしくて火が出そうな顔を両手で覆った。

「それとも、死地へゆく幼馴染に力を与えるために、口づけをしたのか」

淡々と問う弘貴は、何かを知っているようだ。

木葉が訊くと、弘貴は水野の暴挙を教えてくれた。

今は御庭番でなくとも、かつての仲間が自分のせいで酷い目に遭わされていると知った木葉は、辛くて、胸が苦しくなった。

弘貴が言う。

「御庭番衆を敵に回すとは、水野も愚かな奴だ」

だが、相手は老中だ。

侮れぬ者と知っている木葉は、彦左を止めに行こうとするも、弘貴が前を塞いだ。

「止めても無駄なのは、よう知っておろう。それより、彦左が迎えにまいった時は、まことに夫婦になるのか」

木葉はうなずいた。

「父が病に臥《ふ》せっておりました頃、彦左に望まれれば拒むなと、いつも言っていましたから」

「そうであったか。お父上は、人を見る目がおありのようだ」

驚いた顔をする木葉に、弘貴は笑った。

「そなたたち姉妹のために懸命に働いた彦左を見ていれば、お父上の気持ちも分かる」

御殿に戻る弘貴を見送った木葉は、彦左が無事戻るよう、祈らずにはいられなかった。

三

二日後。

夕方の嵐が嘘のように静かな江戸の空は、千切れ雲が次々と流れてゆき、小路は月光が差したり、暗くなったりを繰り返している。

若き御庭番衆が捕らえられている水野家の下屋敷は、嵐のせいで篝火を焚くことができず、先ほど出てきたばかりの門番たちは、六尺棒を立て、警戒を怠らない。

生ぬるい風が小路を吹き抜けた時、無数の人影が横切った。しかし、闇に溶け込む色合いの装束は、門番の目では捉えられない。

近づく足音にようやく気付いた二人が右を向いて暗闇に目をこらし、ひそひそ話の声に応じて六尺棒を構えたその刹那、背後に迫った気配に気付くことなく後頭部を打たれ、声もあげず昏倒した。

倒れる門番と六尺棒を受け止めたのは、若き仲間を助けに来た御庭番衆だ。

素早く門番たちの手足を縛り、猿ぐつわを噛ませて灯籠《とうろう》の裏に隠すと、先に忍び込んで脇門を開けた仲間の誘いに応じて、数人が中に消えた。

覆面をした者たちは、調べ尽くしている下屋敷を迷うことなく進む。猫のように足音がせぬため、宿直の者たちはまったく気付いた気配がない。


いっぽう彦左は、じっと潜んでいた水野家上屋敷の庭木の中で起き上がると、草色の隠れ蓑《みの》から抜け出して行動をはじめた。

庭を横切って御殿の広縁に取り付き、雨戸の敷居に油を流し込んだ。そして、音を立てず人が通れるほどに開けると廊下に忍び込み、ゆっくりと閉める。

鶯張りは、彦左には通用せぬ。

夜目が利く彦左は、障子を開けて座敷に忍び込むと、目当ての物を探しにかかった。


下屋敷の詰め部屋で眠っていた馬廻り衆の一人が、気配に目を開け、身を起こして刀をつかむ。

横で休んでいた同輩も起き上がり、刀をつかんで廊下に出ると、格子窓から外をうかがった。程なくして、数人の怪しい人影が庭を走るのを見て目を見張った。

五人の若き御庭番を担いでいたからだ。

「牢破りだ！　逃がすな！」

大声を張りあげて雨戸を蹴破り、裏庭に躍り出る。

抜刀して曲者に迫り、肩に担がれた者もろとも斬らんと、気合をかけて打ち下ろそうとしたその背中に、唸《うな》りを上げて飛んできた小刀が突き刺さった。

切っ先が右の鎖骨を貫いて出たのを見下ろした馬廻りの侍は、驚愕の顔をしたものの振り向く。

迫る人影に、恨みの声をあげる。

「おのれ！」

左手で打ち下ろした刀を手甲で受け止めた御庭番は、腹に拳を突き入れ、呻いて身をかがめた馬廻りの侍から小刀を引き抜き、逃げる仲間を追う侍に投げ打った。

足を貫かれて倒れる侍に走り寄り、小刀を抜いたその者は、他の仲間が追っ手を倒すのを見守った。

上屋敷の書庫にいる彦左は、蠟燭《ろうそく》の僅かな明かりが前だけ照らすよう作られた道具を咥《くわ》えて、目当ての帳面を探していた。

開いた物は元の場所に戻し、戸棚の奥に隠してあった手箱を取り出して開けてみた。

帳面を調べると、それは、長老が言っていた物に違いなかった。

渡されていた偽の帳面とすり替えた彦左は、火を消して道具を帯に差し、障子に歩み寄る。外の様子を探り障子を開けた時、廊下の角から明かりが差し、鶯張りが鳴った。

膝をついて潜む彦左の頭上を明かりが過ぎてゆき、遠くで声がした。

「殿、下屋敷に曲者が入り、罪人が逃げたそうです」

水野の怒鳴り声が廊下に響き、廊下を行き交う者で騒がしくなった。

息を潜めていた彦左は、廊下に人の気配が消えた頃合いに外へ出ると、裏庭を走り植木の中に潜り込み、忍び込んだ漆喰壁に取り付く。

垂れ下がっている鉤縄をつかんで登った時、折悪しく雲が流れ、月光が差した。

「曲者だ！」

下屋敷の侵入を受け、上屋敷の守りを固めていた家来たちが彦左を見つけて叫んだ。

瓦から鉤縄を外した彦左は、鉤を反対側に掛けて縄をつかみ、屋根を走る。そして外に向かって飛び、ぴんと張った縄にぶら下がると、手を離して地面に着地した。

裏門を開けた家来たちが追ってくるのを見た彦左は、

「ふん」

と、余裕の笑みを浮かべて走り去った。


翌日、いつものように登城した水野は、そしらぬ顔で老中の詰め部屋に籠もり、公務をこなしていたのだが、堀田老中と、眼光鋭い男が来た。

水野は飄々《ひょうひょう》と応じる。

「堀田殿、険しい顔をしていかがなされた」

どこかよそよそしい堀田は、あとから入った男を紹介する。

「この者は、大目付の岩崎伊豆守《いわさきいずのかみ》殿でござる」

顔を知っている水野は、いささか驚いた。

岩崎が頭を下げる。

「此度《こたび》拝命つかまつりました。初仕事が、まさか水野殿のこととなろうとは思いもせず」

昨夜の騒ぎのことだと解釈した水野は、ため息をついた。

「まったくけしからぬことよ。罪人を奪いに来るとは、御庭番も地に堕《お》ちたものじゃ」

「けしからぬのは、水野殿、貴殿にござる」

言われて顔を向けた水野は、岩崎の厳しい眼差しを受け、鼻で笑って見せた。

「そなたは、何を申しておるのじゃ。確かに罪人には逃げられたが、すぐに捕らえるゆえそう目くじらを立てずともよいではないか」

「その話ではござらぬ」

水野が驚いた。

「どういうことじゃ。おぬしは、何をするためにまいったのじゃ」

岩崎は堀田に、

「こちらをご覧ください」

と言うと、懐から取り出した帳面を開いて見せた。

それは、水野の手元にあるはずの、公儀の大事業である江戸湾埋め立てにかかる金の動きを把握する覚書だ。

ぎょっとした水野が奪い返そうとしたが、岩崎は手を引いて取らせぬ。

「その慌てようを見ますと、これに記されているのは事実のようですな」

岩崎は軽蔑の眼差しを向けている。

「待て、それは偽物じゃ」

手箱を引き寄せた水野は、正規の帳面を差し出す。

「これが本物じゃ」

岩崎は目を細め、持っている帳面を見た。

「では、御庭番衆が届けたこちらは、偽物ですか」

「さよう。よう見ろ、字が違う。わしが若い者を裁いたのを逆恨みし、陥れようとしておるに違いない。騙されてはなりませぬぞ」

「ふうむ、なるほど、さようですか。わたしは偽物をつかまされたと……、そういうことですか」

岩崎はその場で帳面を破り、水野に差し出した。

受け取って中を確かめた水野は、余裕の面持ちだ。

だが、岩崎は続ける。

「御庭番衆が水野殿の不正を疑っておりましたから、気になって調べてみたところ、城の金蔵に保管されていた帳面の中に、こちらがありました」

新たに差し出された帳面を見て、水野は愕然とした。これこそが、彦左が水野の上屋敷に忍び込んで手に入れた、水野自身が書いていた裏帳簿だからだ。

「そ、そんな馬鹿な」

水野は慌てて手箱の中身を出し、底に隠していた裏帳面を取り出し、白無地の表紙をめくった。何も記されていない、まったくの別物に愕然とした水野は、身体から力が抜けた。

茫然と黙っている水野に、堀田が告げる。

「ご上意にござる」

立って下座に行き、平伏する老中に対し岩崎が暴いた罪は、水野がこれまで隠し通してきた、公儀の大事業である江戸湾埋め立てにかかる費用の着服だった。

将軍の名の下、堀田から罷免《ひめん》を申し渡された水野は、悪あがきをした。

「騙されてはなりませぬぞ。これは陰謀です。御庭番衆は、木葉の妹を攫っておきながら、わしに暴かれたのを逆恨みしてこのような暴挙に出たのだ」

堀田は渋い顔を横に振る。

「水野殿、御庭番衆はこうなる以前より、そこもとの不正を探っておったのです」

「何……」

「大目付よりも幕閣の不正に目を光らせておる御庭番衆を怒らせたのは、大きな間違いでしたな。まあ、どの道、先はなかったでしょうが」

突き放す口調の堀田に言い返せぬ水野は、がっくりと首を垂れた。


水野が大目付の取り調べを受けている頃、彦左は意気揚々と沼隈藩の屋敷へ入った。

まだこころの傷が癒えず、部屋から出ようとしない霞だったが、庭に彦左が来たのを見ると、嬉しそうな顔をした。

そばにいた木葉は、水野の別宅から助け出してくれた真十郎に見せる顔と同じだと思いつつ、元気そうな彦左を見て安堵した。

「木葉、喜べ、霞を酷い目に遭わせた水野老中を懲らしめたぞ。奴は罷免される。悪事の証をおれが盗み出してやったからな」

木葉は驚いた。

「命がけの役目とは、そのことだったのか」

「うむ、水野の屋敷に忍び込んだ。こうして手柄を挙げて戻ったのだ。約束どおり、おれと一緒になってくれるな」

「まだならぬ」

目を伏せる木葉に驚いた彦左は、霞を見た。

霞は心配そうな顔をして、木葉の袖を引いた。

木葉はうなずき、立ち上がって庭に出た。

「ちょっと来て」

彦左を離れた場所に連れて行き、向き合って言う。

「水野を罷免に追いやっても、霞を攫った奴らはまだ見つかっていないのだろう」

「それは……、うむ」

「見つかるまで、あの町へ帰れない。霞は、こころの傷が深いから……」

彦左は右手で自分の頰を張り、申しわけなさそうに頭を下げた。

「確かに木葉の言うとおりだ。霞の気持ちも考えず、すまない」

木葉は首を横に振る。

「あの時は、死地に行く彦左に力を与えるつもりで……」

「もう言うな。分かったから」

先を言わせぬ彦左は、あきらめた面持ちだ。

じっと目を見た木葉は、彦左の懐に手を入れて探り、巾着を取り出した。

「使ってくれたのだな」

「うむ。母も喜んでいるさ」

彦左の母親の遺骨が入れられている巾着を見つめた木葉は、そっと懐に返した。

そのまま胸に手を当てて言う。

「おばさま、霞を攫った奴らが捕らえられれば、父の言いつけに従い、彦左に嫁ぎます」

「木葉……」

木葉は彦左の目を見て言う。

「真十郎殿が、必ず捕らえると言ってくだされた。わたしは影なりに、手を貸そうと思っている」

「おれが手伝うから、危ないことはしないでくれ」

「では、二人で手伝わぬか」

なんだかそちらに持って行かれたような気もせぬではない彦左だったが、

「分かった」

木葉と霞のために快諾した。

四

屋敷の広間で上段の間に座し、二人の家老から報告を受けていた親貞は、次第に顔から血の気が引いている。

親貞がそのような顔をする時は、怒りが頂点に達しようとしている表れである。

先ほどから顔色をうかがっているのは、親貞の腰巾着ともいえる二人の旗本だ。

こちら側に付いていた水野の失脚を知った親貞は、同時に、竹田河内守が蟄居を解かれて老中首座に返り咲いたと聞き、持っていた扇を右手のみで折り、悔しげに顔をしかめた。

「そうなるよう、沖信が仕向けたに違いない。奴の筋書きに決まっておる」

そう言うなり、折れた扇を家老に投げつけた。

額に当たった次席の今福が、

「お怒りはお身体に障りますゆえ、お鎮まりくだされ」

などと言うが、これは、火に油をそそぐも同然になった。

「そのほうらが沖信を野放しにしておるからじゃ！」

ついに怒りの頂点に達した親貞は、平伏している筆頭家老の松下の前にゆくと肩を蹴り、仰向けになった腹に踵《かかと》を落とした。丸まって痛みに耐える松下の頭を踏みつけた親貞は、怯える今福をじろりと睨んで歩み寄り、平伏する脇腹を蹴り上げ、帯から鞘ごと抜いた脇差の鐺《こじり》で顔を打った。

それでも怒りが収まらず、二人の家老を殴り続けるのを見ていた実田と佐倉は、痛々しさに目をそむけ、顔を見合わせて黙っている。

ようやく落ち着きを取り戻した親貞が上段の間に戻った時には、二人の家老は顔を血だらけにして、気を失っていた。

肩で息をする親貞と目が合った実田は、すぐに下を向き、恐れた顔でいる。

大きく息を吐いた親貞は、

「見苦しいところを見せた。今日は帰ってくれ」

二人の旗本に声をかけ、先に立って広間から出ていった。

意識を取り戻した松下が、呻いて起き上がろうとするのに手を貸した実田は、気の毒そうな顔で見ていたが、声をかけることなく、佐倉に帰ろうと告げて廊下に出た。

あとから来た佐倉が背中をつつくので振り向くと、顎で庭の先を見ろと合図された。

中庭を挟んだ廊下を奥御殿のほうへ歩いていたのは、雅《みやび》な打掛を着けた姫だ。しかし妙なのは、薄衣《うすぎぬ》で顔を隠していることと、先にこちらに気付いたと思われる侍女が、姫の顔が見えないよう袖で完全に隠していることだ。

「あれはどなただ」

問う実田に、佐倉が目で追いながら教える。

「親貞殿の妹御だろう。いるとは聞いたことがあるが、姿は初めて見た」

「ずいぶん大事にされているようだが、歳はいくつだ」

「そこまでは知らぬし、もはや興味もない」

どこか冷めた調子の佐倉を見た実田は、これからのことを考えつつ玄関に向かった。

肩を並べて、夕暮れ時の小路を歩いていた実田が、前後を見て近くに耳目がないのを確かめ、佐倉に近づいた。

「思うのだが、我らは乗る船を間違えてはおらぬか」

佐倉は大きなため息をついた。

「おぬしの言うとおりだ。竹田は昼行灯だが、強運を持っている。まさか、返り咲くとは思いもしなかった」

「船を乗り換えるとして、水野が去った今、頼りは堀田か」

「あれはだめだ。泥船よ」

「ではどうする」

「親貞があの調子では、先々が不安だ。ここは、竹田に付くしかあるまい」

実田はまた前後を見て、佐倉に言う。

「おぬしがそう申すなら、わたしは従う。今から、竹田殿に目通りを願いにゆくか」

「手ぶらでは追い返されるだけだ」

「何を持ってゆく」

「これから話し合おうではないか。飲みながら、じっくりとな」

佐倉はそう言うと、何か考えがあるらしく、ほくそ笑んで、実田を連れて己の屋敷に帰っていった。

五日後、呼び出しを受けて登城した親貞は、茶坊主の案内で白書院に入った。

先に揃っていた幕閣の面々が、白い目を向けてくるのを感じた親貞は、上段の間のすぐそばに座している竹田老中を見た。

竹田は昼行灯と言われるにふさわしい、眠そうな顔で前を向き、親貞と目を合わせようとしない。

狸《たぬき》おやじめ。

胸のうちで罵った親貞は、方々に問う。

「呼び出しにより参上つかまつったが、何ごとでござる」

老中首座を目指す、自信に満ちた若者の口の利き方に、幕閣たちはまた、白い目を向ける。

上段の間の御簾《みす》は上げられ、そこに若き将軍の姿はない。

誰も答えぬのに苛立った親貞は、堀田老中に目を向けた。

横目で見ていた堀田は、口を一文字に引き結び、竹田の顔色をうかがった。

それに応じた竹田が、ゆっくりと膝を下座に転じ、親貞に真顔を向ける。

「江戸城下を騒がせ、罪なき民から財を奪う非道な盗賊があとを絶たぬが、そなたはこれまで、何をしておった」

親貞は睨み返す。

「何をしておったと責められるのは、お門違いでござろう。討伐の遅れは、火付盗賊改め方をはじめとする番方と、町奉行所の怠慢によるものでは、ござらぬか」

竹田は、一転して目つきを和らげ、いつもの眠たそうな顔になった。

「確かに、貴殿が申すとおりじゃとわしも思う。ただ、ここにおる方々は、そうは思うておらぬのだよ」

眉毛をへの字にする竹田は、困った様子だ。

「堀田殿、どうするべきであろうか」

水を向けられた堀田は、いやな役回りだと顔をしかめたものの、居並ぶ幕閣たちから注目されては、逃れられぬ。

両手を畳につき、おっくうそうに立ち上がると親貞に向いた。

「盗賊を掃討するのは、確かに番方と町奉行所の役目じゃが、その者どもが怠けぬよう目を光らせるのが、若年寄である。本田親貞殿、貴殿はその立場にありながら、このような物を世にばらまき、何をしておるのじゃ」

親の仇である沖信の首に千両かけた人相書きを見せられ、

「今さら何を……」

おぬしも存じておるではないか、と言いかける親貞に先を言わせぬよう声を被せた。

「この人相書きの大垣沖信が存命か否かは、もはやどうでもよい。仇討ちの許しが出ておらぬのに私情に囚われ、御公儀の役目を疎《おろそ》かにするのは言語道断。よって親貞殿、ただ今よりは、何も気にすることなく仇討ちに力を注がれよ」

「それは、どういう意味か」

じろりと睨んで問う親貞に、堀田は目をそらし、空咳をして告げる。

「そのほうから若年寄の職を剝奪《はくだつ》することと、あいなった」

幕閣が揃う中で、上様のご意志だとも言われては、もはやどうにもできぬ。

反論せず、怒りも胸にしまって沙汰を受け入れた親貞は、眠たそうな顔で見ている竹田に頭を下げ、書院の間から下がった。

一人で本丸御殿を出て、城からくだっていた親貞の前から、実田と佐倉が顔を揃えて歩いて来た。

「おい」

声をかけたが、二人はちらと見たものの近寄らず、むしろ離れて本丸御殿に上がる坂を歩いてゆく。

無視されたことに驚いた親貞は、二人は罷免を知っていたのだと気付き、同時に、親貞は沖信を討つことしか頭にないと告げ口をしたのは、あの者たちに違いないと思った。

竹田に乗り換えたか。

所詮は小物と鼻で笑った親貞は、家路を急いだ。

大手門前で待っていた家来たちには何も言わず大名駕籠に乗り、戸を閉められたところで怒りが込み上げ、歯を食いしばった。

「おのれ沖信め」

すべては奴のせいだと、恨みを増した親貞は、どうしてくれようかと怒りを吐き出し、駕籠の側面を右手でたたき付けた。

「殿、いかがなされましたか」

尋常でない様子を気にして声をかける家来に、

「黙れ！」

苛立ちと怒りをぶつけた親貞は、何度もたたき、ついには拳が漆塗りの側面から突き出た。

家来たちはできる限り急いで帰り、御殿の式台に大名駕籠が横付けされた。

小姓が戸を開けた時には、親貞は落ち着きを取り戻していた。

無言で廊下を歩く親貞に、二人の家老が付いてゆく。

次席の今福が、松下を促した。

渋い顔で応じた松下が、前をゆくあるじに声をかける。

「殿、呼び出しはなんの話でございましたか」

立ち止まった親貞が、怒気を浮かべた顔で振り向く。

「若年寄の職を解かれた」

「なんと！」

絶句する松下に代わって今福が口を開く。

「何ゆえでございます」

「どうでもよい！　これで父上の仇討ちに専念できる。沖信の首を取った暁には、竹田めを引きずり下ろして、わたしが老中首座になってみせる。そのためにも、一刻も早う見つけ出すのだ。行け！」

「はは！」

二人の家老は頭を下げて下がった。

一人で自室に籠もる親貞を、庭を挟んだ廊下から見ているのは、雅な白綸子《しろりんず》姿の喜代《きよ》姫だ。

大名家の姫であれば、すでに輿入《こしい》れしている年齢だが、喜代姫は嫁《とつ》がずにいる。屋敷からも出ず、こうして外廊下を歩く時は、必ず薄衣で顔を隠しているのだ。

「姫様、さ、家来が来ぬうちに、お部屋にお戻りください」

人目につかぬうちに、と促す侍女に、喜代姫は問う。

「兄上は、何を怒っておられるのでしょうか」

「さあ、無知なわたくしには分かりませぬ」

侍女はそっと促し、喜代姫を奥御殿の座敷に戻した。

妹の心配をよそに、親貞は荒れていた。

部屋に入るなり、こうなったのは沖信のせいだと叫び、文机《ふづくえ》に置かれている物を荒々しく落としてぶちまけた。それでも怒りが収まらず、刀をつかんで抜くと、文机めがけて振り下ろして両断した。

あるじの怒りように、そば仕えの者たちは恐れおののき、諫《いさ》めるどころか、近寄りもしない。

松下と今福は、なんとしても沖信を捜せと配下たちに厳命し、自らも町へ出て捜し歩いた。

しかしながら、ただ捜すのでは見つからぬ。

そこで松下は、沖信の旧臣たちを捜すよう命じ、ついに、立ち寄り先として有望な場所を探り当てた。

そこはまさに、玉緒の店だった。

突きとめたのは、松下の優秀な家来だった。

「つい先日も、沖信らしい侍を見たという町の者から話を聞けました。その者が申しますには、侍の名は月島真十郎で、口入屋《くちいれや》の紹介で用心棒をしていたそうですが、しばらく顔を見ていなかったそうです」

「間違いないのか」

「はい」

松下は、ついに尻尾をつかんだと喜び、家来に命じる。

「人を集めて、その口入屋を見張れ。よいか、決して気付かれてはならぬぞ。真十郎を名乗る者が訪ねてくれば、目を離さずすぐに知らせるのじゃ」

「承知！」

ただちに動く家来を見送った松下は、部屋に戻っている今福を訪ね、手を貸すよう求めた。

こうして網を張らせて五日後、ついにその時が来た。

戻った家来が、沖信に似た男が芦屋を訪ね、今は、かつての守役、菅沼金兵衛《すがぬまきんべえ》の家にいると告げたのだ。

「でかした」

松下は家来を待たせ、親貞の部屋に急いだ。

「殿、沖信を見つけました」

待ち望んでいた声に、親貞は勇み立った。

「今日こそ討ち果たしてくれん！」

愛刀をつかんで出ようとしたところへ、側用人《そばようにん》の林田恒友《はやしだつねとも》が焦った様子で来た。

「殿……」

廊下で片膝をつく恒友には、藩政ではなく屋敷のことを仕切らせており、仇討ちにも関わっておらぬ。

つまらぬ報告だと思う親貞は怒鳴った。

「今はそちの相手をしておる時ではない、そこをどけ！」

聞きもせず急ぐあるじに、恒友は一通の書状を差し出して告げる。

「大垣沖信からの果たし状にございます」

「何！」

思いもせぬ声に驚いた親貞は、松下に刀を預けて恒友に歩み寄り、書状を手に取ってその場で開いた。

目を通し、松下に渡した。

受け取った松下が、声に出して読む。

「先に我が父を暗殺したのは、そのほうの父信親である。逆恨みをやめぬなら、武士らしく勝負いたせ。

場所は亀戸《かめいど》、高閻寺《こうえんじ》裏のすすき原。

時は明後日、二十日の申《さる》の刻。

一対一の勝負をいたそうではないか」

読み終えた松下は親貞の表情を見て驚いた。

「殿、まさか応じるつもりですか」

「奴は、この果たし合いに臨むために深川《ふかがわ》に現れたに違いない」

「一騎打ちなどなりませぬ」

供をすると言う松下だが、親貞は許さぬ。

「奴は一人で父を討ったのだ。わたしも一人で行く」

うかがうような顔で見ている若き側用人に、松下は問う。

「この果たし状を届けたのは何者だ」

「小童《こわっぱ》にございます」

「小童じゃと」

「はい。武家の男に頼まれ、駄賃ほしさに届けたと申しました」

これを受け、親貞が松下に告げる。

「父上の時も、奴は小細工などしておらぬ。案ずるな、わたしとて、新陰流《しんかげ》を極めておるのだ。必ず奴を討ち、父上の無念を晴らさん」

「しかし……」

「くどい！　それ以上申すと首を刎ねる」

固い決心を止められぬと察した松下は、この場は引き下がった。

親貞は果たし合いに勝利するためすぐに動いた。

家来の中で特に腕の立つ者たちを藩邸内の道場に集め、みっちりと腕を磨いたのだ。

そのあいだにも、真十郎を見張る者から知らせが届く。

見失ったという報告にも、果たし状を受け取っている親貞は動じず、夜を待って芦屋に案内させた。

大川を渡り、夜の町並みを目に焼き付けながら歩いた先に、表の上げ戸を下ろしてひっそりとしている芦屋があった。

念のため、その足で果たし合いの場にも向かい、実際の様子を確かめた。

すすき原は、文字どおりすすきが群生しているのだが、くるぶしほどに伸びた広い草地もあり、近くに家がないため、邪魔をされず戦うにはうってつけの場所だ。

「よいところじゃ」

満足した親貞は、こうも述べる。

「当日沖信が怖気づいて来ぬ時は、ここから芦屋に馳せて切り込む」

必ず討ち果たすという親貞の強い想いが、供をする家来たちにも伝わってくる。

ある思いを秘めている松下は、親貞に悟られぬよう、相槌《あいづち》を打ち続けている。

五

果たし合いの当日、親貞は準備を万端にしていた。

昼まで道場で仕上げの稽古をし、湯浴《ゆあ》みをして身を清めると、湯漬けを食した。

見守る家来たちは、縁起のよい豆や鯛《たい》、蓮根などを食すよう促す。

親貞は、満腹にならぬよう一口だけ箸をつけて、安心させた。

真新しい小袖と野袴を穿き、襷がけをした上に羽織を着け、陣笠の出で立ちで愛刀を帯びた親貞は、愛馬に跨《また》がった。

表門で見送る二人の家老に、念押しする。

「よいか、決して付いて来るでないぞ」

「はは」

「ご武運を祈りまする」

大人しく従う家老たちにうなずいた親貞は、手綱をさばいて馬を馳せ、亀戸に向かった。

門前で頭を下げて見送った松下と今福は、顔を見合わせ、意を決した表情でうなずき合う。

「急げ！」

門内に向かって声を張り上げると、配下の者が馬を二頭引き出してきた。

林田恒友から大刀を受け取って帯に差した二人の家老は、はっ、と馬に鞭を打ち、あるじを追ってゆく。卑怯《ひきょう》とののしられようとも、命を賭して、親貞に親の仇を討たせる決意なのである。

そうとは知らぬ親貞は、日の高さを確かめながらゆっくり馬を歩かせて町中を抜け、吾妻《あずま》橋から本所に渡った。

下見をしているだけに、迷うことなく高閣寺の門前に来た親貞は、立派な山門に納まる仁王像を見て馬を止めた。

睨みを利かせる仁王の眼差しをじっと見つめた親貞は、闘志をより高め、武者震いをして前を向く。

馬の腹を蹴って走らせ、寺の裏手に回って果たし合いの場に到着した。止まらずにすすきを分けて進み、広い草地で馬を止める。手綱で馬を操って回転させながらあたりを見たが、沖信の姿はどこにもない。

下り立ち、さっそく草を食《は》む馬から離れて草地の真ん中に歩んだ親貞は、戦いを前に少しでも体力を温存するため、片膝をついて休んだ。

風が吹き流れた時、親貞は立ち上がって右を見た。群生するすすきの中から、こちらをうかがう気配を感じたのだ。

確かに誰かいる。

親貞は左の親指で大刀の鍔《つば》を押し、鯉口《こいぐち》を切って声を張り上げた。

「大垣沖信！　案ずるな、わたし一人だ。こそこそせず出てまいれ！」

すすきが揺れ、青葉を分ける音がした。

夕暮れ時の草原に立つ親貞の前に出てきたのは、沖信ではない。

親貞は目つきをより鋭くし、周囲に気を配った。その時、左右に群生しているすすきを分けて出てきた者どもが走り、親貞を囲んだ。

覆面をした曲者どもを睨んだ親貞は、抜刀して問う。

「沖信はどこにおる」

すすきの向こうからした笑い声に目を向けると、しころ頭巾で顔を隠した男が出てきた。見るからに上等そうな生地の羽織袴を着けたその者には、剣客風の男が付いている。

親貞は悟った。

「おのれ、謀《はか》ったな。沖信！　出てこい！」

男はまた笑った。

「まだ気付かぬか。いくら叫ぼうが沖信は来ぬ。そもそも、果たし合いなど知らぬからのう」

声に聞き覚えがある親貞は、覆面の奥にある目を見据えた。

「貴様、竹田河内守か」

竹田は覆面を取り、笑みを浮かべた。その表情は、昼行灯と揶揄される眠たそうなものではなく、いかにも悪知恵が働きそうで、人を見くだす気持ちを表している。

「大人しゅう親の仇討ちに邁進《まいしん》しておれば、命を落とさずにすんだものを、堀田と水野を籠絡してわしを蟄居に追い込むとは、愚かな奴よ。おぬしのせいで、水野はうまく隠しておった悪事を御庭番に暴かれてしもうた。可哀そうにのう」

笑いまじりに言う態度は、自分がそう仕向けたと言いたそうだ。

竹田は、今思い出したような、芝居じみた顔をして口を開く。

「そうじゃ、言うておかねばならぬことがあった。沖信は、親の仇である信親殿を討ち果たしたが、信親殿が沖信の父親を暗殺するよう仕向けたのは、このわしじゃ」

「何！」

驚く親貞を見て愉快そうな顔をした竹田は、口の右端を上げ、したり顔で言う。

「わしが老中首座に昇り詰めるためには、大垣沖綱と、おぬしの父本田信親がどうしても邪魔だったゆえな、あらぬ噂を流して、二人が争うように仕向けてやったのじゃ。まんまと我が策に嵌ったおぬしの父が、見事に、沖綱を暗殺してくれたというわけじゃ。あとは、たたけば埃《ほこり》が出るそのほうの父を改易に追い込むだけだったが、わしが手をくだすまでもなく、沖信が勝手に討ち果たしてくれた」

竹田はそう述べて、くつくつ笑った。

親貞は衝撃を受け、刀をにぎる手に力を込める。

「沖信は、このことを知らぬのか」

「知るはずもなかろう。おぬしのあとで、奴も地獄へ送ってやる」

「何ゆえそこまでする」

「目障りだからに決まっておろう。常にわしの出世の邪魔をした大垣と本田の両家を改易に追い込み、一族を江戸から追い出してこそ、わしの世が来るというものじゃ」

「役立たずの昼行灯と思うていたが、陰でこそこそ動いておったとは、父も無念であろう」

「信親が悔しがる顔が目に浮かぶわ。あの世へ行き、わしを蔑んだことを親子で後悔するがよい」

「地獄へ行くのは貴様だ！」

叫んだ親貞は、すべての元凶である竹田を討たんと前に出る。

守る家来が、刀を振り上げて正面から斬りかかってきた。親貞は太刀筋を見切って右にかわし、肩を斬って進む。

「父の仇め!」

大音声で恨みをぶつけて迫る親貞の前に、霞を攫うなど、汚れ仕事をしている菅が立ちはだかるやいなや、抜き手も見せぬ抜刀術で大刀を一閃した。

下がってかわした親貞は、背後から斬りかからんと刀を振り上げた敵に、振り向きざま刀を振るう。

空振りだが、敵は下がった。

「殿!」

「今行きますぞ!」

密かに付いて来ていた松下と今福が、敵に囲まれるあるじに驚き、馬に鞭打って馳せる。

囲む敵に突撃し、親貞のそばに行こうとした松下だったが、射られた矢が背中に命中し、呻いて馬から落ちた。起きて立とうとしたが、菅に喉笛を一閃されてしまい、松下は仰向けに倒れた。

今福は、親貞と敵のあいだに馬で割って入り、逃げるよう叫んだ。

その今福の首に矢が突き刺さった。

怯えて走り去る馬から落ちた今福を見た親貞は、竹田に怒りの声をあげて迫る。

刀を振り上げて斬りかかろうとした時、横から放たれた矢にいち早く気付いて斬り飛ばす。そして、弓を射たのが腰巾着の旗本と知り、目を見張った。

「おのれ実田、裏切り者め！」

逃げる実田を睨む暇も与えぬ菅が迫り、気合をかけて斬りかかった。

親貞は刀で受け止め、鍔《ぜ》迫り合いをする。

菅がほくそ笑んだ。

この時、親貞は衝撃に目を見張り、呻いて己の腹を見た。刀の切っ先が突き出ている。

鼻で笑った菅が下がり、親貞が歯を食いしばって刀をつかもうとした時、引き抜かれた。

振り向くと、背後に忍び寄った佐倉が、血に染まった刀を持つ手を震わせながら、大きく瞼を見開いている。

「どいつも、こいつも」

に倒れた。

親貞は裏切り者を斬ろうと刀を振り上げたが、血を吐いて両膝をつき、仰向け
佐倉は恐る恐る歩み寄り、足で肩を揺らした。目をつむって微動だにせぬ親貞の鼻に指を近づけて息を確かめ、続いて首の動脈に指を当て、竹田に顔を上げた。

「死んでおります」

竹田は満足そうにうなずいた。

「ようやった。そのほうと実田には、相応の役職に就かせるゆえ、励め」

「はは！」

佐倉が刀を背後に回して忠誠を誓い、実田も横に並んで頭を下げた。

竹田が言う。

「こ奴らの骸《むくろ》はここへ打ち捨てておけ。親貞を始末するのは造作もないことだったが、沖信は手強《てごわ》いゆえ、誰も近づくな。親貞を殺した下手人として捕らえさせ、父親が待つあの世へ送ってやる」

すべて思いどおりよ、と笑う竹田は、皆に引き上げを命じ、悠々とした足取りで帰っていった。

静かになった原に風が流れ、たおやかになびくすすきの向こうから歩いて来た

親貞の愛馬が、あるじのそばに行く。

顔を舐められたことで、親貞は息を吹き返した。佐倉は緊張と興奮のあまり、脈を取りそこねていたのだ。

刺された傷の痛みに呻きながら、起き上がって座り、日が沈みゆく西の空を見る。

刀を鞘に納めた親貞は、それを杖として、歯を食いしばって呻きながら立ち、愛馬に寄りかかって大きな息を吐いた。


「旦那、注《つ》いでくださいな」

ほろ酔いの玉緒が、酒を注ぐ真十郎をじっと見つめていたと思えば、盃の酒を一息に飲み干して身を寄せた。

「ねえ旦那……」

「うむ？」

「今夜だけなんて言わないで、もうどこにも行かないでちょうだい」

「酔っているのか」

「酔ってなんかいませんよ。ねえお願いだから……」

真十郎に顔を近づけた玉緒が目を閉じた時、表の戸をたたく者がいた。

邪魔をされて苛立ちの声を吐いた玉緒が、表に向いて声を張り上げる。

「誰もいませんよ」

返答はなく、また戸をたたく。

「もう、しょうがないねぇ」

玉緒は草履をつっかけて戸口に立った。

「誰だい」

返事はないが、確かに誰かいる。

また戸をたたかれた玉緒は、そばに来た真十郎を見た。

木刀を持って警戒する真十郎は、開けるよう促す。

応じて潜り戸を開けた玉緒の前に、血だらけの侍が倒れ込んだ。

ぎょっとした玉緒が悲鳴をあげて、真十郎にしがみ付いた。

仰向けになった顔を見た真十郎は、親貞と気付いた。

目をつむり、気を失いかける親貞。

真十郎は、頬をたたいて声をかけた。

「おい、しっかりしろ」

瞼をゆっくり上げた親貞が、真十郎の顔を見て目を大きく見開き、腕をつかんだ。

「すまなかった」

声に力がなく、今にも死にそうだ。

「しゃべるな。玉緒、医者を呼んでくれ」

玉緒はすぐさま出ていった。

何か言おうとする親貞に、真十郎は顔を近づける。

「我らは、騙されていた。おぬしの父と、我が父が争うようにしむけた黒幕は、黒幕は……」

血を吐いた親貞に、真十郎は問う。

「しっかりしろ、黒幕は誰だ」

苦しみ、息も絶え絶えになりながらも懸命に名を告げようとした親貞だったが、声に出して伝えることができぬまま、こと切れてしまった。

目を開けたまま、無念そうな死に顔をしている親貞を見た真十郎は、そっと瞼を閉じてやり、改めて身体を見た。

着物の横腹には刺された穴があり、そこから血が広がっている。

親の仇と命を狙われていた親貞から思いもよらぬことを告げられた真十郎は、衝撃のあまり頭が混乱し、目の前の光景を呆然と見ているしかできなかった。

第四章　暴かれた黒幕

一

無念の死を遂げた本田親貞の骸をしかるべきところに預けた真十郎は、念のため、元守役の菅沼金兵衛に玉緒を隠させ、沼隈藩の上屋敷に戻っていた。

翌日の夕方になろうとしている。

屋敷から一歩も出るなと言う阿賀弘貴に従って部屋に籠もっている真十郎は、何も食さず、座して考えていた。

目を閉じれば、死ぬ間際の、親貞の悔しそうな顔が浮かぶ。

いったい誰に殺されたのだろうか。

我が父を暗殺したのは確かに本田信親だ。だが、親貞の言葉が真実ならば、そう仕向けた者がいるのではないか。

親貞は黒幕の名を言おうとしたはずだが、声にならなかった。

真十郎は、親貞の唇の動きを思い出して考えても、答えが出ぬ。

いったい誰の名を言おうとしたのだろうか。

昨夜弘貴に話した時、父沖綱を恨む者が仕組んだはずだ、思い当たる者はおらぬかと問われたが、これまで信親のことしか頭になかった真十郎は、答えられなかった。

とにかくここにいろと言った弘貴は、探りを入れると告げて、朝出ていったきりだ。

もう昼過ぎになるが、どこで何をしているのだろう。

気になった真十郎は、御殿に渡って誰かに訊こうと思い腰を上げたものの、ちょうど台所から上がってきたおすみに顔を向けた。

「旦那様、うどんを打ちました。味には自信があるけえ、ちいとでも食べてみてくださいや。帰っちゃってから、なんにも食べとってんないけえ、心配です」

どこか具合が悪いのではないかと思い込んでいるおすみは、食事で人の健康を測ろうとしているのが伝わってくる。

朝は、むすび三つと玉子焼きに、あさりの味噌汁を出してくれたのだが、親貞が死んだことと、黒幕がいると知った衝撃で喉を通らなかったのだ。

今出してくれたうどんは、油揚げとわかめが添えられていた。

幾分か気持ちが落ち着いていた真十郎は、出汁のいい匂いに食欲をそそられ、どんぶりと箸を手に取った。

うどんはこしがないが、味は好みだった。

「旨い」

「よかった。ほんまに、どこも悪うないんですか」

「心配しないでくれ。少し、考えごとをしていただけだ」

無垢《むく》なおすみに人の死を聞かせたくない真十郎は、黙ってうどんを食べ終え、手を合わせた。

「ごちそうさま。生き返った」

目を細めたおすみはお茶を入れた湯呑みを置いて、どんぶりと箸を持って台所に戻った。

茶をすすりながら、またも親貞を殺したのは誰かと、考えを巡らせているところへ、表の戸が荒々しく開けられ、高森兵右衛門が土間に入ってきた。

板の間に座している真十郎を見た兵右衛門が、渋い顔で告げる。

「真十郎殿、殿がお呼びです」

暗い声が、ことは深刻だと教えている。

応じた真十郎は、草履をつっかけて外へ出た。

兵右衛門は同道せず、殿に命じられたことがあると言って頭を下げ、足早に出かけてゆく。

何ごとか聞きそびれた真十郎は、御殿の裏庭から弘貴の部屋に向かった。

一人で待っていた弘貴は、部屋に上がった真十郎が座るまで目を離さず見つめていたが、顔を合わせると、より厳しい表情をした。

「まずいことになっておるぞ。本田親貞をおぬしが殺したこととされ、すでに手配がかかっておる」

真十郎は想像もしていなかったが、冷静に考えた。

「親貞殿を騙し討ちするほどの相手だ。初めから、わたしに罪を着せるつもりで動いていたに違いない」

立ち上がる真十郎を、弘貴が見上げて問う。

「何をする気だ」

「親貞殿は、息を引き取ったときに涙をこぼした。それほどの無念でありながら、相手の名を告げる前に、わたしに詫びたのだ。黒幕が誰なのか、わたしが突き止める」

「待て。手配されておる中で動けば、相手の思う壺《つぼ》だ。腹が立つだろうがここは堪《こら》えよ。ほとぼりが冷めるのを待ったほうがよいゆえ、藩の船で兵右衛門と沼隈に戻れ。今支度をしに行かせておる」

兵右衛門の用とはこのことだったかと思う真十郎は、首を横に振った。

「もうどこにも逃げぬ」

「聞け、江戸の町は役人が増やされておる。人相書きを持った者どもが大勢おる中で、どうやって調べる気だ」

落ち着いて座れと言われて、真十郎は腰を下ろした。

「おぬしの言うとおりに今は出ぬが、沼隈にはゆかぬ」

「強情な奴だ」

と言った弘貴は、心配そうに続ける。

「ここも、いずれ御公儀の者が来るかもしれぬのだぞ」

「大丈夫だ。その時は、そなたが守ってくれる」

弘貴は呆れて笑った。

「あつかましい奴だ」

真十郎が笑みを作ると、弘貴は真顔でうなずいた。

「ただし、一人で無茶をせぬと約束してくれ」

友の揺るぎなき厚情に、真十郎は感謝した。そして、弘貴の意見を聞きたくなり、思いをぶつけてみた。

「ここに戻ってから、ずっと考えていることがある」

「なんだ」

いざとなると、気持ちが揺らいだ。

「いや、やはりよそう。おそらくわたしの考えすぎだ」

目を伏せる真十郎だが、弘貴は引かぬ。

「その考えすぎとやらを、試しに聞かせてみろ。迷うておる時は、一人で抱え込まぬほうがよい」

真十郎は顔を上げ、弘貴の目を見た。優しい目だ。信頼する友に、打ち明けてみることにした。

「黒幕は、父と本田信親がいなくなり、上様の名代として思うまま世を動かしている者ではないだろうか」

弘貴は意外そうな顔をした。

「待て待て、竹田河内守殿だと言うのか」

「うむ」

「しかし、あり得ぬと申したではないか」

「あの時は確かにそう思っていた。なぜなら、若い頃から昼行灯と言われていた竹田河内守殿を老中の座に引き上げたのは、他でもない父だったからだ。以来父は、顔を合わせるたび恩に着ていると言われるのだと、わたしに嬉しそうにおっしゃっていた」

「違うと申すのか」

「まだはっきりそうだとは言えぬし、そうであってほしくはないのだが、父に諂《へつら》う裏で、出世の邪魔になる二人をこの世から抹殺する策を練っていたのではないかと、どうしても考えてしまうのだ」

弘貴は、真十郎の目を見てきた。珍しく、怒りを覚えたような顔をしている。

「いつも眠たそうな顔をしているあの者は昼行灯にしか見えぬが、おぬしの話を聞いていると、腹黒さを隠すための狸寝入りのように思えてきた。奴が黒幕だとすれば、お父上すらも見抜けなかったほどゆえ厄介な相手だぞ。どうやって暴く」

「手は考えている。まずは、親貞殿が生きているという流言《りゅうげん》を城で広めてほしい」

「容易いことだ。で、そのあとはどうする」

真十郎は膝を進めて弘貴のそばに行き、廊下に控えている小姓にすら聞こえぬ声で伝えた。

策を黙って聞いているうちに、弘貴の表情は次第に険しくなり、真十郎が話し終えた時には、呆れに変わっていた。

「ようもそのような奇策を思い付くものだ。向こうが信じなければ、その場で八つ裂きにされるぞ」

「黒幕が誰なのかはっきりさせるには、これしかない。このとおり、頼まれてくれ」

「流言のことは承知した。だが、あとのことは承服できぬ」

「今こそ命を賭けなければならぬ時だ。このまま逃げるわけにはいかぬ」

真十郎の目をじっと見ていた弘貴が、ふっと表情を和らげた。

「そこまで申すなら、とことん付き合ってやる。そのかわり、必ず勝て」

「うむ」

弘貴は肩をたたき、さっそく動くと告げて部屋から出ていった。

弘貴の流言は時を空けずうまく広がり、幕閣のあいだで困惑の声があがった。骸が見つかっていないからだ。

黙って聞いていた竹田は、ひとつあくびをして、まったく動じることなく告げる。

「骸が出ぬのは、沖信が果たし合いの事実を隠すために運び去ったからであろう」

眠たそうな顔で、いかにもつまらぬ話を聞かされたような口調のため、顔を揃えている幕閣たちは竹田を疑いもしない。

細めた瞼の奥に隠す酷薄の眼差しで、一同の顔色を確かめた竹田は、仕方なさそうな息を吐き、帯から抜いた扇を大目付に向けた。

「伊豆守殿、ご足労じゃが沼隈藩邸に行ってくれ」

岩崎は困惑の色を浮かべる。

「何ゆえでございますか」

「阿賀弘貴殿と沖信は昵懇《じっこん》の間柄なのじゃ。で、家来に命じて、そのほうたちが惑わされておる流言の出どころを調べさせたところ、どうも、あの者が怪しい。

「そこでじゃ、上様のご期待が大きい岩崎殿に、はっきりさせてほしいのじゃ」

皆の前で老中首座から頼られ、まんざらでもなさそうな顔をした岩崎は快諾した。

竹田は知恵を授ける。

「しかしながら、いかに岩崎殿が優れたお方でも、阿賀弘貴殿は頑固者で情に厚いお方ゆえ、友を売るようなことはせぬはず。そこで、少々脅すしかあるまい」

岩崎は、意外そうな顔をした。

「脅すのですか」

「下手人を逃がされては厄介ゆえ、差し出さねば、改易に処すと……」

「よい手かと」

応じた岩崎は、さっそく動いた。

手勢を率いて沼隈藩の上屋敷へ急ぎ、表門を守る番人に御公儀の検めであると告げ、開けるよう命じた。

動きを読んでいた弘貴は、強引に入ってきた岩崎と表御殿の客間で向き合い、飄々と御用のむきをたずねた。

岩崎は、大目付に選ばれるだけはあり、こころの機微を逃さぬ目つきで弘貴に告げる。

「御公儀の命により屋敷を検める。従わなければ、罪人を匿う反逆者とみなす」

「罪人とは、誰のことです」

「大垣沖信に決まっておろう。御公儀の許しなく本田親貞殿に果たし合いを申し込み、亀戸のすすき原で討ち果たした疑いがあるゆえ、本人に問わねばならぬ」

「なるほど、されど沖信殿は、ここにはおりませぬ。そもそも、御公儀には死亡の届けが出ておるはず。生きておるのですか」

「それを申すな。我らは生きておると信じて動いておるのだ。屋敷を検めるが、よろしいな」

大目付にこう言われては、弘貴にはどうすることもできない。

「どうぞ」

素直に従う弘貴をなおも疑う目で見る岩崎は、手の者に調べるよう命じた。

総勢三十名が屋敷中を調べにかかり、木小屋や便所にいたるまで、一刻かけて確かめた。

だが、どこにもいない。

一足先に藩邸を出ていた真十郎は、玉緒のところに急いでいたからだ。

二

藁《わらぶ》葺き屋根の一軒家は、ひっそりと静まり返っている。

表に立った真十郎は、木刀の柄で戸を二度強く打ち、一拍のあいだを空けて三度打つ。

合図に応じた菅沼金兵衛が戸を開けた。目尻の皺を深くし、中に誘う。

土間に入ると、待っていた玉緒が酷く心配そうな顔をして歩み寄る。

「旦那、出歩いたら危ないじゃないのさ」

権吉《ごんきち》と菊《きく》が慌てて娘の腕を引いて、口の利きかたを叱った。

真十郎はよいのだと告げ、引き下がる両親の前で玉緒に言う。

「親貞殿の着物と刀を出してくれ」

応じて、菊を連れて奥の納戸に入った玉緒は、風呂敷包みを母親に持たせ、脇差と大刀を着物の袖で包み、抱えて持って来た。

真十郎は刀を帯に差し、菊から風呂敷包みを受け取ると、心配そうに黙って見守っている金兵衛に顔を向けた。

「ここには誰も来ぬと思うが、油断せず皆を頼む」

忠臣の金兵衛は、何も訊かずにうなずく。

「おまかせくだされ」

行こうとすると、玉緒が素足で土間に下りて腕をつかんだ。

「そんな物を持って、何をするっていうんですか」

「父の命を奪った真の悪を暴きにまいる」

玉緒は手に力を込め、頬を寄せた。

「お願いだから行かないで」

娘の取った行動に、権吉と菊があんぐりと口を開けて、互いの顔を見ている。

真十郎は玉緒の手を離そうとしたが、固く力を込めて拒む。

「父だけでなく、この手で命を奪った本田信親殿の無念を晴らさねばならぬのだ。行かせてくれ」

「いや！」

「玉緒、聞き分けのない娘のようなことを申すな」

玉緒は首を何度も横に振り、しがみ付いた。

権吉と菊が近づき、菊が真十郎を見上げてきた。期待が込められた目をしている。

「若様、つかぬことをうかがいますが、娘とねんごろな仲におなりあそばしたのでございますか」

「そうよおっかさん」

玉緒が答え、真十郎が否定しないでいると、金兵衛が悲鳴をあげた。

権吉は腰を抜かしたが、菊はというと、玉緒に加勢して真十郎にしがみ付く。

「そういうことでしたら、危ないところへ行かせるわけにはいきません」

二人に引っ張られて、真十郎は困った。

すると、我に返った権吉が慌てて菊を離し、玉緒を説得した。

「若様を想うておるなら、邪魔をしてはならん」

「離してちょうだいおとっつぁん」

「いかん！　若様は立派な武士だ。武士たるもの、親の仇を討たねば恥となる。お前は、若様の名を貶める気か」

玉緒の手から力が抜けた。

「おとっつぁんの馬鹿。そんなこと言われたら、止められないじゃないのさ。旦那が死んじまってもいいのかい」

「縁起でもないことを言うんじゃない！」

めったに怒らぬ権吉の大声に、玉緒はびくりとした。

「男を見る目があると言ったのはどこのどいつだ。お前が見初《みそ》めた若様だ。黒幕が誰であろうと死ぬものか。そうだろう」

「………」

玉緒はうつむき、それでも真十郎の腕を離そうとしない。若年寄の親貞が目の前で息を引き取ったため、恐れているのだ。

真十郎は、玉緒の手に手を重ねて力を込めた。

「わたしは、必ずここに戻ってくる。信じて待っていてくれ」

玉緒は顔を上げずに言う。

「約束ですよ」

「うむ」

「ほんとうに、そばにいてくれますか」

「約束する」

玉緒はようやく顔を上げ、手を離した。

外に出た真十郎を見送った玉緒が、見えなくなると振り向き、両親に嬉しそうな顔をする。

金兵衛が恐る恐る問う。

「先ほどの話は、まことか」

玉緒はにっこりと笑った。

「ご心配なく。お嫁にしてもらおうなんて思っていませんから」

「そうなのか？」

「はい」

あっさりとしている玉緒に、金兵衛は不思議そうな顔をした。

驚いたのは両親だ。特に菊が、心配そうに歩み寄る。

「嘘をおっしゃい。今のはそんなふうには見えなかったわよ」

濡れた頰を拭ってくれる母親に、玉緒は笑って言う。

「ああでも言わないと、旦那はまたどこかに行ってしまうと思ったのよ。うちは用心棒が足りないから、いてもらわないと困るの」

商売っ気を出す娘に、権吉と菊はまた、口をあんぐりと開けた。

玉緒の本心がどこに向いているのかはともかく、真十郎は首に巻いている藍染めの麻布を上げて顔を隠し、人目を避けながら町中をゆく。路地を抜けて大川の船着き場に下り、待たせていた猪牙舟《ちょきぶね》の船頭に出すよう命じた。

日暮れ時、吉原《よしわら》へ遊びに行く者たちを運ぶ多くの船に紛れて進む真十郎の船は、永代橋《えいたい》に沿って進み、堀川に入って日本橋を目指した。

役人に止められることもなく、日本橋の近くで船を下りた真十郎が向かったのは、和田倉御門外にある本田家の屋敷だ。

表門の前で足を止め、門の番所に声をかけると、格子窓の戸を開けた門番が、小袖に袴を着けている真十郎を浪人とみなし、警戒の目を向けた。

「何用か」

「大垣沖信だ。親貞殿のことで話があるゆえ、家老に会わせていただきたい」

門番は、薄暗い番所の中でも分かるほど目を見開き、何も言わず窓から離れた。

にわかに門内が騒がしくなり、脇門を開けて出てきた家来たちが真十郎を取り囲み、手荒く着物をつかんで強引に引っ張り込むと突き放し、五人が抜刀した。

「殿の仇！」

血気盛んな若い家来が叫び、泣きっ面で刀を振り上げた。

真十郎は飛びすさって間合いを空け、声音を強くする。

「わたしを殺せば、親貞殿の骸が戻らぬぞ！」

「おのれ！」

迫ろうとする五人に、真十郎は風呂敷から血が付いた着物を出して見せた。

親貞が果たし合いに出ていく時の姿を見ている家来たちは、真十郎が掲げる着物に愕然として下がり、殿、と叫ぶ者がおれば、膝をついて号泣する者もいる。

恨みを込めた目を向け、

「よくも殿を！」

と怒鳴って勇み立つ家来たちに、真十郎は大音声を張りあげた。

「落ち着け！　あるじの最期を知りたくば、わたしに耳を貸せ！　それでも怒りが収まらぬ時は、煮るなり焼くなりするがいい！」

家来たちは武士の顔つきになり、振り上げていた刀を下ろした。

「聞かせていただこう」

声に振り向くと、玄関から小姓たちを連れた男が出てきた。

手槍《てやり》を持った三人の小姓が真十郎を囲んで穂先を向け、男が正面に立ち、殺気を帯びた顔で告げる。

「側用人の林田恒友にござる。殿と家老たちの最期を、包み隠さず教えていただきたい」

「家老も命を落とされたか」

他人事《ひとごと》のように言う真十郎に、林田は鋭い目つきをした。

「惚けようとしても無駄だ。申せ！」

怒気に応じて、家来たちがふたたび刀を構える。

真十郎は動じることなく、林田の目を見た。

「家老がどう命を落とされたのか、まことに知らぬのだ。家老の骸はどこにあったのか教えてくれ」

「惚けるな！」

家来が大声をあげたが、林田が黙らせた。そして、真十郎に問う。

「おぬし、殿と果たし合いをしておらぬと申すか」

「しておれば、ここには来ぬ。家老の骸はどこで見つかった」

「おぬしと殿が果たし合いをした、亀戸のすすき原だ」

「果たし合いをすると、御公儀に届けたのか」

「届けるはずもない」

じっと、探るような目を向け続ける林田に、真十郎は問いかける。

「すすき原に親貞殿の骸がないにもかかわらず、わたしが命を奪ったというのは、妙だとは思わぬのか」

「おぬしが殿の命を奪い、骸をどこぞに討ち捨てたに違いないと、御公儀から沙汰がござった」

「わたしを下手人に仕立て上げるための虚言だ」

真十郎は、皆の前で親貞の最期を語った。そして、真の黒幕の名を言う前に、こと切れてしまったのだと言うと、家来たちから怒りの声があがった。

「信じられぬ！」

「そうだ、騙されぬぞ！」

真十郎は大小の刀を鞘ごと帯から抜き、その場に正座して前に揃えて置いた。

「この刀は親貞殿の物だ。親貞殿の最期が嘘だと思うなら、形見の前でわたしを討つがいい」

「信じぬ！」

叫んだ家来が、刀を向けて前に出た。

林田があいだに割って入り、大声を張りあげる。

「皆落ち着いてよう考えよ！　おぬしたちの身に置き換えて考えてみよ。果たし合いで討ったのちに、命を賭して敵の屋敷に嘘をつきに来るか」

家来たちが刀を下ろし、ふたたび静まったところで、林田は真十郎に向いて言う。

「おぬしを信じよう。して、黒幕が誰だと思うておられるのか」

真十郎は、真顔で見上げる。

「それを確たるものにするために、お力添えを願いたくまかりこした」

林田は困惑の色を浮かべた。

「我らに、何をいたせと申される」

「ある大名にお頼みし、親貞殿が生きておるという流言を広めておる。これを事実とするために、御家からも、大怪我をした親貞殿が意識を失ったまま寺に運び込まれ、今は床に臥せっていると、御公儀に伝えてもらいたい」

「その先は、どうするつもりか」

「黒幕は必ず、親貞殿が意識を取り戻す前に口を封じようとするはず。命を奪いに寺へ来た刺客を取り押さえて暴くのです」

林田が答えようとした時、玄関横の格子窓から、女が声をかけた。

「もっとよい手があります」

高く透き通る声に、林田は慌てた様子でそちらを見た。

真十郎も目を向けると、格子窓の向こうに白地の着物が見えた。その女は表玄関のほうへ歩き、窓から見えなくなった。

林田が玄関に行き、止める声がする。

だが女は聞かず、あの方を通しなさい、と命じる声が外まで聞こえた。

程なく出てきた林田が、真十郎に告げる。

「姫君がお目にかかられる」

応じた真十郎は、家来たちが見守る中歩みを進め、玄関に足を踏み入れた。

案内されたのは、玄関を上がった先にある、客人を待たせるための大広間だ。

孔雀《くじゃく》の絵が施された雅な広間の上座に、薄衣で顔を隠した姫が正座していた。

そばに付く侍女が、警戒する眼差しを真十郎に向けている。

林田は、離れた場所に真十郎を座らせようとしたが、

「こちらへ」

姫が自ら、もっと近くに座るよう示した。

林田が仕方なさそうな顔をして、無言で上座に行くよう促す。

真十郎は招かれるまま、姫の正面に進んで正座した。

「話は聞かせていただきました」

先に述べた姫が、顔を隠している薄衣を取った。

薄化粧はしているが、親貞と瓜二つ《うりふた》の顔に、真十郎は己の目を疑って絶句した。

「驚きましたか。もっと近くで、この顔をご覧あれ」

やおら立ち上がった姫は、真十郎に近づいて来る。

正面に立った姫は、後ろに回していた右手に、抜いた懐剣を隠していた。今にも斬りかからんとする目をして、真十郎の喉に刃を突き付けて問う。

「そなたが申したこと、嘘ではあるまいな」

真十郎は微動だにせず、喜代姫の目を見てうなずく。

「親貞殿は、黒幕の名を告げる前に、残り僅かな力を振り絞って、わたしに詫びられたのです。それほどに悔いておられた。もっと早く黒幕の存在に気付いておれば、共に手を取り合って立ち向かえたのではないかと、残念でなりませぬ」

喜代姫は、ほろりとこぼれた涙を慌てたように拭い、真十郎と目を合わせてきた。

「わたくしは双子の妹、喜代と申します」

「双子……、どうりで瓜二つのはずだ」

感心した真十郎は、じっと目を離そうとしない喜代姫が何を言おうとしているのか気になり、水を向けた。

「先ほど、よい手があると申されたが、聞かせてください」

喜代姫は目の色が変わった。

「わたくしが髪を下ろし、兄になりすまします」

「なりませぬ！」

大声をあげたのは林田だ。

慌てて歩み寄り、平伏する。

「姫様、髪を下ろすなどもってのほか。お命も危のうございますから、そのようなお考えをなさってはなりませぬ」

「お黙り」

喜代姫はこの時になって、ようやく真十郎の首から懐剣を引いた。そして、林田に向く。

「父と兄の無念を晴らすために、沖信殿と手を結びます。この秘めごとが決して外に洩《も》れぬよう、信頼を置ける者にしか伝えてはなりませぬ。よいですね」

返答をせぬ林田に、喜代姫は厳しく当たる。

「そなたは、父と兄を貶めた者が憎くないのですか」

赤くした目で見上げる林田は、悔しそうに告げた。

「はらわたが煮えくり返っております」

「ならば、これよりは沖信殿に従うのです」

姫に言われて沖信を見た林田は、表情を引き締めて頭を下げた。

「喜代姫様と沖信殿に従いまする」

忠臣に優しい笑みを浮かべた喜代姫は、真十郎に真顔を向けた。

「わたくしを兄の身代わりとした策を、考えていただけますか」

「承知しました。姫の決意を、決して無駄にはいたしませぬ」

真十郎は、喜代姫の目を見てそう告げた。

三

竹田老中は、毎月二十八日に鉄砲洲《てっぽうず》の下屋敷へくだり、広大な敷地の中で放し飼いにされているうさぎを獲物《えもの》とする、鷹狩を楽しむのが恒例となっている。

よく晴れたこの日も、竹田は一日鷹狩を楽しみ、曲輪内の上屋敷へ帰ろうとしていた。

行列を守るのは、側用人として召し抱えられた剣客の菅だ。

人相は相変わらず悪いが、上等な生地の羽織袴は、大出世を果たした竹田に仕えるに見合う。

曲輪に続く大通りにさしかかると、今をときめく老中首座の行列を見た道行く者たちが急いで端へ寄り、町人たちは正座して平伏し、武家たちは頭を下げて見送る。

駕籠に付き添う菅は顎を上げ、得意満面で歩いてゆくのだった。

その後ろには、菅の手下どもが続く。

町中を抜け、堀端の道を呉服《ごふく》橋へ向かっていると、呉服町から大名行列が出てきた。

それを見た菅は、

「む、前を横切るとはけしからぬ」

偉そうに口に出し、叱ってやろうとして、どの家の行列か知るため家紋を確かめた。

そして、本田家の大名駕籠だと見るや愕然とし、竹田が乗る駕籠に歩み寄って告げた。

「殿、親貞の行列が呉服橋御門へ入りました」

小窓を開けた竹田が、昼行灯の表情とは別人のごとく、険しく苦々しい目を向けた。

親貞に双子の妹がいるのを知らぬ竹田は、生きているというのは事実かと不安になったようだ。

「この目で確かめる。急げ」

「はは」

菅は露払いに先を急がせ、駕籠に付き添って小走りで進む。

呉服橋御門から入り、人気がない小路で駕籠を降りた竹田は、前をゆく親貞の行列を見た。

親貞の行列は、小路の辻を本田家の屋敷のほうへ曲がってゆく。

不安の色を浮かべた竹田に、確かめるよう命じられた菅は、一人で走った。

行列は本田家の表門に入ってゆく。

菅は門前を歩みながら、それとなく中をうかがう。門番の二人は行列の最後尾に続いて入ったが、大門はまだ閉められない。

「殿のお戻りじゃ！」

大声が外まで響いた。

菅は信じられぬ思いで門の柱に身を隠し、中を見た。

やがて駕籠は、御殿の玄関に横付けされた。

固唾《かたず》を呑む菅の目に入ったのは、林田の手を借りて駕籠から降りた喜代姫だ。怪我をしたように見せかける喜代姫は、林田に抱えられるようにして玄関から入ってゆく。

背丈も顔もまったく同じの双子兄妹《きょうだい》の姿に、菅はすっかり騙されて親貞だと思い込み、愕然とした。

それは菅だけではなく、事情を知らぬ門番たちも同じだ。

出てきた門番たちが、

「殿がご無事でよかった」

「討たれたと言った御公儀は、誰かに騙されているのではないか」

などと言い、嬉しそうに大門を閉めにかかる。

菅は門が閉まり切る前に、走り去った。

その様子を大名小路の灯籠に隠れて見ていた真十郎は、背後に控えている彦左に振り向き、顎を引いて見せた。

応じた彦左が、跡をつけてゆく。

慌てているため、まったく気付かない菅は、真っ直ぐ竹田の屋敷へ帰り、先に帰った竹田の行列が入ったばかりの門内へと消えていった。

物陰から見ていた彦左は、真十郎が待つ本田家へ戻った。

「奴は竹田家に入った。おぬしが睨んだとおりだ」

「ご苦労だった。わたしは姫に伝えにまいるゆえ、弘貴殿に言伝を頼む」

真顔で応じた彦左は、走り去った。

用心して裏門から入った真十郎を、林田が待っていた。

不安そうな顔で歩み寄った林田が問う。

「いかがでしたか」

真十郎がうなずいて見せると、林田は表情を引き締めて応じ、こちらへ、と告げて先に立った。編笠を取った真十郎は、続いて御殿に上がった。

表御殿の外廊下を進む林田は、裏手から表側に案内した。

真十郎が生まれ育った大垣家の屋敷に似た造りで、奥御殿に渡る廊下も、丸い手すりも同じに見え、どこか懐かしく思わせる。

廊下を表側に進むと、目の前に広大な庭が広がった。

池では一羽の白鳥が優雅に泳ぎ、数羽の合鴨《あいがも》が浮かんでいる。

林田は、書院の間の前で振り向き、中に入るよう促す。

真十郎が応じて下段の間に足を踏み入れると、策を知る僅かな家来たちが、頭を下げて迎えた。

上段の間は御簾が下ろされ、奥に座す喜代姫の影がある。

林田から、近くに座るよう示された真十郎は、正面を向いて座り、編笠を右に置いた。

御簾の奥にある影を見て告げる。

「姫の姿を確かめた者は、慌てた様子にござりました」

すると、小姓が御簾を上げにかかった。

ゆっくりと上がる御簾の下から黒の袴が見え、白の着物と羽織、そして首、続いて、顔がはっきり見えた。

月代《さかやき》を青々と剃《そ》り、大名髷にしている喜代姫は、表情を引き締めて問う。

「うまくいくでしょうか」

「わたしの目から見ても、親貞殿と瓜二つにございます。存命を信じた者から、必ず黒幕に伝わります」

喜代姫は安堵したのか、表情が少しだけ和らいだ。

真十郎は林田に顔を向け、居並ぶ家来たちに告げる。

「焦った敵が姫の命を狙いに来るはずゆえ、くれぐれもお気をつけくだされ。あとは、それがしにおまかせを」

「はは」

林田が緊張した面持ちで頭を下げ、家来たちがそれに続く。

上座に向きなおった真十郎が頭を下げて去ろうとすると、喜代姫が呼び止め、立ち上がって歩み寄ってきた。

神妙な面持ちで目を合わせる喜代姫が、太刀持ちの小姓から大刀を受け取り、真十郎に差し出す。

「兄の形見を、お持ちください」

脇差すら帯びていない真十郎を、喜代姫は心配しているのだ。

声に出さずとも、表情からそう感じた真十郎は、

「親貞殿の無念を、受け取りまする」

そう告げて、刀を預かった。

喜代姫は目を赤くし、涙を堪えて頭を下げた。

「ご武運を、お祈りいたします」


本田家を出た真十郎は、竹田家に行こうとするが、声をかけられて足を止めた。

声の主は弘貴だと思い振り向くと、編笠を被り、無紋の羽織に袴を穿いた浪人風が歩み寄ってきた。彦左もいる。

編笠の端を持ち上げて顔を見せる弘貴は、険しい表情をしている。

「竹田を問い詰めに行くのか」

「うむ」

「正面切ってゆくのは、上策とは思えぬ。力押しでは、逃げられるのが落ちだ」

「奴をこのままにはしておけぬ」

「まあ聞け。竹田に本性を出させる策がある」

「どのような策だ」

「まずは、親貞殿は怪我のせいで声が出せぬこととして、大目付の岩崎に、話があるという運びで屋敷に来てもらい、喜代姫の顔を見せる」

「それはだめだ。危ない」

「彦左から話を聞いて思い付いた策だ。必ずうまくいく。乗るなら、付いてまいれ」

弘貴はそう言うと本田家の裏門をたたき、真十郎を見た。

先ほど見送ってくれた林田が門を開けた。真十郎がいるのを見て、不思議そうな顔で応じる林田に、弘貴は話があると告げ、真十郎を見てきた。

「どうする」

どのような策を思い付いたのか気になった真十郎は、引き返した。


親貞を裏切った佐倉が竹田老中の元へ来たのは、二日後だ。

竹田はこの男を、大目付である岩崎伊豆守の動きを探らせるため、与力に付けていた。

その佐倉から、親貞が岩崎を屋敷に呼んだと聞いた竹田は、苛立ちの声を吐き捨て、焦りの色を浮かべた。

「あの生真面目な大目付にわしのことを言われれば、しまいじゃ」

乗る船をまた間違えたかと、胸のうちで舌打ちをした佐倉であったが、ふと、思うことがあり、両手をついて切り出す。

「親貞には妹がおります。血を分けた兄妹ですから、顔が似ているのではないでしょうか」

竹田は、探るような目を向けた。

「妹を影武者にしておると申すか」

佐倉はうなずく。

「この手で脈がないのを確かめたのです。刀で刺し貫いたあの傷で、生きておるとは思えませぬ」

すると、同座していた実田が唇を舐めて告げる。

「御老中、それがしもお遣わしくだされ。この目で本人か確かめてやります」

竹田は悪い笑みを浮かべた。

「おもしろい。岩崎の目の前で嘘を暴けば、本田を潰せる。抜かるな」

「はは！」

腰巾着の二人は、勇んで出ていった。

見送った竹田は菅を手招きし、耳打ちした。

「万一に備えておけ」

菅は唇の端を上げて片笑み、下がっていった。

四

翌日、岩崎と佐倉たちが本田の屋敷に来た。

毎日のように親貞のご機嫌取りに通っていた実田は、対応した林田に洟《はな》をすする芝居をして、松下と今福の死を悲しんだ。佐倉も、いかにも残念そうにしている。自分たちが竹田への忠誠を示すため殺めたとは誰も思わぬだろうと、胸のうちで笑いながら。

林田は涙を浮かべて謝意を述べ、三人を案内して表御殿に入った。

親貞になり切っている喜代姫は、表御殿にある親貞の寝所で横になっている。

寝所の下段の間に入った岩崎は、下げられた御簾の奥にその姿を見て、佐倉と実田を従えて正座した。

林田が声をかける。

「殿、大目付の岩崎様と、佐倉殿、実田殿両名がまいられました」

横になったまま返事がないのを、岩崎はいぶかしそうにしている。

林田が皆に向きなおり、頭を下げて告げた。

「殿は怪我のせいで、声が出ませぬ」

「なんと」

驚いた岩崎が問う。

「傷はそれほどに深いのか」

「医者が申しますには、一命を取りとめたのは、生きようとする殿の強い想いのおかげだと。それほどに、襲うた相手への恨みが強いのでございます」

在りし日の親貞が、裏切った佐倉と実田への怒りを家老たちにぶつけるのを陰ながら見ていた林田は、じっと二人を見つめた。

こちらを見ようとせぬ実田は、うつむけた顔に動揺の色を浮かべている。

だが佐倉は違った。

挑みかかるような眼差しを林田に向け、低い声を発した。

「親貞殿には妹がいたが、兄妹で顔が似ておるため、影武者にしたのか」

佐倉は、少しの動揺も見逃さぬ眼差しを向けている。

弘貴から何度も同じ質問をされて、どう答えるべきかも刷り込まれている林田は、目を見張り、驚いた芝居をする。

「佐倉様、喜代姫が殿に似ておるとおっしゃいますか」

「血を分けた兄妹ゆえ、面影はあろう」

粘着質な声に、林田は額の汗を拭い、戸惑いを隠さぬ。むろん、汗など浮いておらず、これも芝居だ。そして、今気付いたとばかりに庭を見ると、

「姫様……」

ぼそりとこぼす。

佐倉が振り向き、岩崎と実田が続いて見る。

庭を挟んだ向こう側の廊下を、いつものように薄衣で顔を隠した姫が歩いていた。

佐倉も見知っている侍女が、前をゆく者に声をかけたのはその時だ。

「姫様、香道の次は茶道にございます」

立ち止まった姫は振り向こうとして、皆に見られているのに気付き、お辞儀もせず足早に立ち去った。

侍女が申しわけなさそうな顔で皆に頭を下げ、あとを追ってゆく。

「姫様、お待ちを、姫様」

喜代姫が人目を嫌うのは、いつものこと。

忌み嫌われる双子であるがために、世間には一歳違いの妹として公表し、瓜二つの顔を人に見せていないため、白綸子の打掛も、歩く姿も見覚えのある佐倉と実田は顔を見合わせ、閉口した。

この時、廊下を曲がったところで薄衣を取り、侍女を労《ねぎら》ったのは木葉だ。

侍女はというと、額に玉の汗を浮かせて胸を押さえ、生きた心地がしないと言ってへたり込んだ。

僅かに微笑んだ木葉は、侍女の腕を取って立たせ、奥御殿へ去っていった。

岩崎は、佐倉と実田に問う。

「妹御に間違いないのか」

実田は眉尻を下げて答えた。

「実は、妹の顔をはっきり見たことがないのです」

「知らぬのに、よう言えたものよ」

役立たずめ、という目を向けた岩崎は、御簾が下げられている上段の間に向き、横になる影を見据えた。

佐倉が膝行して岩崎に近づき、耳打ちする。

「傷を検められてはいかがでしょうか」

横を向いた岩崎が、鋭い目で佐倉を見た。続いて、林田に向く。

大目付として日が浅くとも、人心の僅かな揺らぎも見逃すまいとする眼差しは、林田にとっては刃を突き付けられる思いである。

額から流れる汗は冷や汗だが、林田は真十郎の言葉を胸の中で繰り返す。

「恐ろしくなるかもしれぬが、それは武器にもなる」

額からとめどなく流れる冷や汗を、林田は利用した。

「殿の傷は深いのです。ようやく落ち着いてきたところを検められて、もしものことがあれば、どう責任を取るおつもりか」

「ごもっとも」

岩崎は引こうとしたが、佐倉と実田にとっては、もしものことがあるほうが都合がいいというもの。

佐倉は林田に言う。

「大目付の与力として申し上げる。怪我人に無理をさせるつもりは毛頭ござらぬ。されど、公儀としては、検めずに引き上げるわけにはいかぬのだ。岩崎様、そうでございましょう」

水を向けられて、岩崎は深くうなずいた。

佐倉が林田に、厳しい目を向けて告げる。

「横になられたままでよろしいのだ。傷があるかないかだけでも、検めさせていただきたい」

「しかし……」

「拒むのは」佐倉が声音を大きくして口を制し、疑う目をして言う。「あるはずの傷が、ないからではないのか。他人の空似と言うだろう。つまり、そこにおるのは替え玉、なのでは？」

首をかしげ、探る目を離さぬ佐倉は、返答をしない林田の動揺に対し、薄い笑みまで浮かべた。

鈴の音がしたのはその時だ。

皆が顔を向けると、御簾の奥で喜代姫が鳴らしたものだった。

林田が立ち、そばに寄る。

喜代姫は手を振り、何かを指図した。

これも想定された芝居の流れの決めごとであり、応じた林田が御簾を上げた。

布団でこちらに背を向けて横になっている喜代姫は、林田の手を借りてゆっくり身を起こすと、着物の袖を抜き、上半身に晒を巻いた背中を見せた。

兄の身代わりになると覚悟を決めていた喜代姫は、弘貴の策を聞き、

「兄と同じ場所に、傷を付けます」

こう申し出ていた。

林田は断固として反対したが、喜代姫の決意は固く、腹と背中を傷付けているのだ。

血もにじんでいる痛々しい姿に、あの場にいた佐倉と実田は声も出ぬ。

林田がこちらを向いた。

「ご納得いただけましたか」

岩崎は深くうなずいた。

「よろしゅうござる」

林田が着物を上げて晒を隠すと、喜代姫は前を合わせて整え、下座に向いた。

月代を剃り、兄と同じように髪を結っている顔は、どう見ても親貞だ。

暗殺に加担していた佐倉と実田は、まともに顔を見ることができなくなり、仕返しを恐れ、うつむいて身を震わせた。

林田が念押しする。

「殿は、少しのあいだ心の臓が止まったせいで声が出せませぬ」

岩崎は渋い顔で応じる。

「ひとつだけ、お尋ねいたす。貴殿を斬ったのは、大垣沖信に間違いござらぬか」

喜代姫は首を横に振って見せた。

「違うと申されるか」

驚いた岩崎が、身を乗り出す。

「では、その者の名をお書きくだされ」

うなずいた喜代姫は、林田に目を向けた。

林田は筆談用として枕元に置いている帳面と筆を取り、筆に墨を付けて差し出した。

受け取る喜代姫を親貞と信じ切っている佐倉と実田は、もう終わりだと覚悟したのか、二人共きつく瞼を閉じている。

名を書こうとした喜代姫は、辛そうな顔をして帳面と筆を落とし、胸を押さえて苦しみはじめた。

「殿！」

林田が愕然として焦り、身体を支える。

「しっかりしてくだされ」

横に寝かせた林田は、岩崎たちに言う。

「気を失われました。医者から安静を申しつけられてございます。今日のところは、ここまでとしてくだされ。殿がお目ざめになられましたら、それがしが聞いてお伝えに上がります」

岩崎は心配そうな顔で問う。

「貴殿は、あるじを斬った相手の名を聞いておらぬのか」

「殿は、大目付様の前で明かすとおっしゃり、それがしにも教えてくださらぬのです。我ら家臣が、仇討ちに動くのを案じてのことと存じます」

赤くした目をしょぼしょぼさせてそう訴える林田の芝居に、岩崎は深く感銘したようだ。

「忠臣を想う親貞殿のお気持ち、しかと受け止めました。無理は禁物なれど、下手人を野放しにはできぬゆえ、伝えられるようになられた時は、すぐにお知らせくだされ」

「承知つかまつりました」

頭を下げる林田に見舞いの言葉をかけた岩崎は、真っ青な顔をしている佐倉と実田を促し、寝所から出た。

小姓の案内で帰っていく三人が廊下を曲がるまで見送っていた林田は、外障子を閉めて喜代姫のそばに戻ると、腰が抜けたようにへたり込んだ。

「もう、起きられてよろしゅうございます」

目を開けた喜代姫が身を起こし、きりりとした表情で口を開く。

「これでよろしいでしょうか」

声に応じて、奥の襖を開けて真十郎が出てきた。

続いて出た弘貴が、上機嫌な顔をして座った。

「上等上等、あとは、黒幕が動くのを待つのみだ。のう、真十郎」

うなずいた真十郎は、喜代姫と林田に真顔で告げる。

「口を封じに刺客を送り込む恐れがござるゆえ、ゆめゆめ油断されますな」

大芝居を終えて脱力していた林田が背筋を伸ばし、気を引き締めた表情で応じた。

「寝所には侍女しか入れませぬ」

真十郎は、くれぐれも気をつけるようにと念押しして、弘貴と本田家をあとにした。

五

　老中の竹田は、屋敷に来た岩崎から、本田親貞に間違いなかったと言われて動揺したものの、佐倉と実田が同道しているため、悪事が露見しておらぬと見て、顔に出る前に落ち着きを取り戻していた。

　話し終えた岩崎に、いつもの眠たそうな顔に苦笑いを浮かべた。

「どうやら、わしの早合点だったようじゃ。大垣沖信の手配を取り下げるといたそう」

「そのことで、御老中におうかがいいたします」

　真顔で、探るような目を向ける岩崎の態度に、竹田は困ったような顔を作る。

「不機嫌じゃな。申してみよ」

「御老中は何を根拠に、存命が定かではない大垣沖信殿を下手人として手配されたのですか」

「わしに言うて来た者がおるからじゃ。そなたは親貞殿の口から、襲うた者の名を聞いたのか」

返された岩崎は、渋い顔を横に振る。

「重い傷を負わされ、一度心の臓が止まったせいで口がきけなくなっておられる親貞殿は、力を振り絞って帳面に下手人の名を書こうとされたのですが、発作に襲われ、気を失ってしまわれました。無理をすれば命に関わると医者から言われていると聞き、やむなく今日のところは引き上げたのです」

「さようであったか。気の毒なことよ」

「御老中、それがしの問いにお答えくだされ」

「おお、すまぬ。つい気になってしもうてな。わしが沖信殿を下手人と思い込んでしもうたのは、本田家筆頭家老の松下から、親貞殿が憎き沖信と果たし合いをする運びになったと文《ふみ》が届いたのがきっかけじゃ。側用人の菅に命じて、果たし合いを止めに行かせたのじゃが、一足遅かった。菅が駆け付けた時には、松下と今福の両名がすでに倒されており、虫の息だった松下が、沖信に騙し討ちされたと言ったのだ。のう、菅、そうであろう」

「はい。この耳で、しかと聞きました」

平然と嘘をつく竹田と菅を、佐倉と実田がじっと見ている。

そうとは気付かぬ岩崎は、改めて竹田に告げる。

「親貞殿は沖信殿ではないと、確かに首を横に振りました。よって、大垣沖信殿の無実を公にし、まことの下手人の名を親貞殿から聞き次第、ただちに捕らえまする」

竹田は大袈裟なほどに首を縦に振って見せた。

「そのほうが申すとおり、極悪人は一刻も早う捕らえなければならぬ。じゃが、ひとつ言うておく。親貞殿が生きておるとなると、政敵を倒すために一芝居打った恐れもあるぞ」

岩崎は意外そうな顔をした。

「二人の家老が命を落としておりますが、それも芝居だとお考えですか」

「考えてもみよ。親貞殿は、出世のためには手段を選ばぬ本田信親の倅じゃ。若年寄の職を奪われたのを逆恨みし、幕閣の誰か、いや、わしを貶めるために芝居をしたかもしれぬ」

そうは思わぬかと言われて、岩崎は困惑の色を浮かべる。

僅かなこころの動きを見逃さぬ竹田の眼光に、鋭さが増す。

「そなたの役目は重大ぞ。そこのところを間違えれば、徳川の屋台骨が揺らぐっもりでことに当たれ。よろしいな」

脅しとも取れる物言いに、岩崎は神妙な態度で頭を下げた。

「肝に銘じ、必ずや暴いてご覧に入れまする」

「うむ。下がってよい」

「はは」

岩崎は低頭したまま廊下に引き、帰っていった。

竹田は、刺すような殺気を帯びた目を佐倉に向けた。

「岩崎は目障りよの。奴がこの世を去れば、次の大目付は、与力であるそなたにまかせるといたそう」

言わんとしていることを察した佐倉は、平伏して述べる。

「岩崎殿は一刀流《いっとう》の達人でございますれば、それがしなどでは、返り討ちにされてしまいます」

竹田はくっくと笑った。

「誰がそのほうにやれと申した。早合点をいたすな」

「では、何をしろと……」

「岩崎は今日明日にも、今江戸を騒がせておる盗賊の手にかかって命を落とすであろう。そうなればそなたは大目付じゃ。親貞が何を言おうが、すべて揉《も》み消せ」

佐倉は嬉々《きき》とした顔をして、平身低頭した。

「はは、御老中のおんため、身を粉にして働きまする」

竹田は、佐倉の隣で黙っている実田を見た。

目が合った実田は、下を向く。

「そのほうには、追って役目を命じる。それまで佐倉を手伝え。本田家から岩崎に接触があれば、すぐ知らせるのじゃ」

「承知つかまつりました」

頭を下げた実田は、顔にこそ出さぬが、背中に冷や汗を流していた。

親貞からの遣いを待っていた岩崎だったが、翌日になっても、目ざめたという知らせが来なかった。

そこで、佐倉が実田と目配せし、切り出した。

「岩崎様、親貞殿は、まだ目をさまされぬのでしょうか」

屋敷の自室で書き物をしていた岩崎は、筆を置き、難しげな顔で腕組みをする。

「昨日の様子では、容態が急変したのやもしれぬな。万が一亡くなるようなことになれば、襲うた下手人を暴くのは困難を極めることとなる」

「それは、我らにとって面倒な事態となります。いかがでしょう、これからそれがしが様子をうかがいに行き、もしお目ざめなようでしたら、下手人が誰か聞いてまいります」

岩崎は首を横に振った。

「そなたを信用しておらぬわけではないぞ。この件は、わしがしかとこの目で確かめねばならぬゆえ、林田殿の知らせを待つ」

「お言葉ですが、それがしは万が一を恐れて申し上げております。お許しあれば、様子を見てまいります。お目ざめであれば勝手をせずにすぐ戻りますゆえ、その時は足をお運びくだされ」

「うむ。それならばよかろう。すぐ行くがよいぞ」

「承知」

佐倉は実田を見張りに残して出ていった。

入れ違いに林田の知らせが来れば、実田は竹田に知らせに走る手筈《てはず》なのだ。

親貞と袂を分かった佐倉が本田家に行くはずもなく、和田倉御門外まで足を運んだのみで、適当に過ごして神田橋御門外の岩崎家に戻った。

折よく日が暮れ、しかも、月は三日月だ。

僅かな月光しかない通りを振り向いた佐倉は、うまくことが運ぶと確信し、屋敷に足を踏み入れた。

表玄関で待っていた実田が、変わりないと告げてくる。

「ほんとうに、親貞が死んでいてくれればよいのう」

小声でそう吐いた佐倉は、岩崎の部屋に行き、いかにも見てきたように告げる。

「ただ今戻りました。親貞殿は夕方になって意識を戻されたよし。岩崎様が足をお運びくだされば、今日こそは下手人の名をお伝えするとのことです」

岩崎は疑いもせず、嬉しそうに膝を打ち鳴らした。

「面倒なことにならず助かった。ただちにまいるぞ。下手人が分かり次第、その足で捕らえに行く」

「またいつ気を失われるか分からず、ことは一刻を争います。手の者はそれがしが集めてあとを追いますゆえ、岩崎様はお急ぎくだされ」

「そうか、ではまかせる」

岩崎は、己の側近を二人連れて屋敷を出た。神田橋御門から曲輪内に入り、大番所の前を通って播磨《はりま》姫路《ひめじ》藩酒井《さかい》家の上屋敷の裏手を真っ直ぐ進み、辰《たつ》ノ口《くち》の堀に突き当たった時、行く手にある辻灯籠の火が消えた。

「むっ」

岩崎は、真っ暗な道に殺気を感じて足を止めた。

左は堀、右は武家屋敷の壁、前にゆくか、後ろに引くのみだ。

三人のみの岩崎は、ここは引こうとした。だが、背後の明かりも消え、辻番から人の呻き声のみが、暗闇から伝わってきた。

「押し通るぞ」

「はは」

鯉口を切る岩崎に続き、二人の家来が刀を抜いた。

前後を守られた岩崎が辰ノ口の橋を渡ろうとした時、欄干の外に身を潜めていた曲者が飛び、前を守る側近が刀を向ける前に斬り倒した。

岩崎は、続いて己に斬りかかってきたその曲者を斬り伏せ、後ろを守っていた側近に下がれと命じた。応じた側近が振り向いた刹那、目の前に現れた刺客に斬られ、声もなく堀へ落ちた。

三日月の僅かな光に浮く影は三つ。

岩崎は刀を正眼に構え、斬りかかってきた刺客の一撃を受け流し、肩を斬らんと振り下ろしたが、受け止められ、鍔迫り合いとなった。

刺客は力押しで向きを変え、岩崎は別の刺客に背中を向ける形にもっていかれた。

背後で刺客が刀を振り上げるも、鍔迫り合いを逃れられない。

死を覚悟した時、背後で呻く声がして、人影が堀に飛ばされた。

それを見て力を抜いた刺客に対し、岩崎が押し離し、袈裟斬りにして倒した。

「岩崎殿、お怪我はありませぬか」

顔が見えぬ相手に、岩崎は答える。

「危ないところをかたじけない」

助けに入った者は岩崎の腕をつかんで橋を進もうとしたが、刺客はさらに増え、追ってくる。

岩崎を守るのは真十郎たちだ。

弘貴が消された辻灯籠に火を入れ、曲者の背後でも、辻灯籠に火が灯された。

あらわになったのは三人の刺客。いずれも覆面で顔を隠している。

真十郎は岩崎を下がらせ、三人に向かって進む。喜代姫から託された親貞の刀はまだ抜いていない。

覆面の刺客は下がろうとしたが、弘貴の家来たちが逃げ道を塞いだ。

ならば進むまで、としたのであろう。

覆面の刺客は、刀を抜かぬ真十郎に迫ってきた。

先頭の刺客が刀を振り下ろすも、真十郎は一歩踏み込んで相手の手首を受け止め、ひねり倒した。背中を強打した刺客は呻き、その時にはもう、真十郎に刀を奪われている。

脇差を抜こうとしたが、真十郎に額を柄頭で打たれた刺客は、気絶した。

「おう！」

気合をかけて打ち下ろされた刺客の一刀を刀で受け止めた真十郎は、刃を擦り流して力を削《そ》ぎ、勢い余ってつんのめる相手の隙を逃さず刀を振るい、足を傷つけた。

倒れて傷の痛みにもがく刺客を見もしない真十郎は、残る一人の、隙のない構えと剣気に対し、奪った刀を捨て、親貞の刀を抜いた。右足を前に出し、切っ先を相手の胸に向けて正眼に構える。

ゆったりと力を抜いているが、隙のない真十郎を相手に、刺客は刀身を立て、右脇に柄を引き寄せた。

互いにじりじりと前に出て、死の間合いに入った刹那、同時に斬りかかった。

気合がぶつかるも、刀はぶつかることなく両者すれ違う。

喉の底から激痛に苦しむ声を発したのは、刺客のほうだ。右の手首を切断されているにもかかわらず、刺客は左手のみで刀を振り上げ、真十郎ではなく岩崎に迫る。

刀を構える岩崎に猛然と斬りかかろうとした刺客は、うっ、と声を吐き、膝から地面に落ちて突っ伏した。真十郎に後頭部を峰打ちされ、気絶したのだ。

岩崎が刺客に歩み寄り、刀の切っ先を向けて警戒しつつ腕をつかんで仰向けにすると、覆面を剝ぎ取った。

「むっ、こ奴は竹田老中の側用人……」

菅の顔を見て驚き戸惑う岩崎に、弘貴が歩み寄る。

「これで、親貞殿を襲わせた者がはっきりしましたぞ」

「まさか、信じられぬ」

弘貴が真十郎をそばに寄らせ、岩崎に告げる。

「大目付殿、この者の顔に覚えはござらぬか」

岩崎は、助けてくれた真十郎をまじまじと見て、目を見張った。

「大垣沖信殿か」

真十郎はうなずいた。

「お久しぶりにございます」

岩崎は懐かしそうな笑みを浮かべて、真十郎の両肩をつかんだ。

「千両首のことに加え、親貞殿を斬った下手人にされて、まさかと思うておったが、まことに生きていたのですな。お父上も、草葉の陰で喜んでおられましょう」

「その父の死について、話さねばならぬことがございます」

岩崎は表情を引き締め、うなずいた。

「聞きましょう」

「本田信親殿が、我が父沖綱を暗殺しました」

「なんと」

「されどこれには、裏があったのです。信親殿と我が父を邪魔に思う者の謀略により、信親殿は踊らされたのです」

岩崎は表情を厳しくした。

「貴殿は、どうしてそのことをご存じなのか」

「わたしは、父の仇である信親殿を、この手で討ち取りました」

岩崎は目を見張り、弘貴を見た。

「まことにござるか」

弘貴がうなずくと、岩崎は真十郎に渋い顔を向ける。

「それを知った親貞殿が、首に千両をかけたわけですか」

真十郎はうなずいた。

「長く命を狙われました。黒幕は、それを利用したのです」

「と、申されると」

「蟄居に追い込んだ親貞殿を恨み、わたしが果たし合いを申し込んだように装ってすすき原に誘い出し、襲ったのです。親貞殿はその際、黒幕の口から、我が父と信親殿を排除したことを聞かされたのです」

「貴殿はそのことを、親貞殿から知らされたのか」

黒幕がはっきりした今、真十郎は深くうなずいた。

親貞はあの時、我らを騙したのは竹田河内守忠正だと、言いたかったに違いないのだ。

岩崎は竹田の名を出さぬが、渋い顔で告げる。

「首を突き出しても、私怨による襲撃だと言うて逃げるやもしれぬぞ」

「岩崎殿は、菅に恨まれる覚えがおありなのですか」

「ない。ないが、相手は昼行灯と思わせておいて実は腹黒だ。認めはしないだろう」

真十郎は、倒れている菅とその手下どもを見た。

「ならば、この者たちに暴かせましょう」

どうやって、と聞かれた真十郎は、微笑んだ。

六

竹田屋敷の表門を守っていた門番の二人は、近づいて来る三人組に気付いて六尺棒を構えた。

「何者だ」

「門を開けよ。菅様が斬られた」

覆面を着けた手下の一人が言うと、門番は、二人に支えられている菅の顔を見て目を見張り、慌てて脇門を開けた。

気を失っている菅を門内に運び込んだ手下が、門番に告げる。

「急ぎ殿をお呼びしろ。菅様の命が危ない」

「ただ今すぐに」

門番は表御殿に走った。

残る一人は、医者を呼べと言われて門外へ出ていった。

手下は菅を門のすぐそばに横にさせ、騒ぎを聞いて出てきた藩士に水を頼んだ。

そこへ、小姓を従えた竹田が出てきて、険しい顔でこちらを見ると近づいてきた。

羽織も袴も着けず、単衣《ひとえ》を着流している竹田は両肩を上げ、怒っているようだ。

気を失っている菅を見下ろし、右腕に巻かれた血止めの布に渋い顔をすると、片膝をついている手下に問う。

「腕を切り落とされたのか」

「はい」

竹田は顔を歪めて舌打ちをした。

「この者はもう用済みじゃ。そのほうら、岩崎を始末したのであろうな」

答えぬ二人に、竹田は鋭い目を向ける。

「しくじったのか」

「お許しくだされ」

「このたわけ！」

蹴り倒そうと足を上げた竹田だったが、手下はするりとかわして立ち、開けられたままの脇門に向いて声を張り上げた。

「聞かれましたか！」

「しかと聞いた」

そう返答が返り、岩崎が入ってきた。家来たちが捕り方を連れて入り、竹田の家臣たちと対峙した。

絶句した竹田が、覆面をした二人を睨む。

「そのほうら、何者だ」

応じて覆面を取ったのは、真十郎と弘貴だ。

真十郎に目を見張った竹田が下がり、怒りに満ちた顔をする。

「おのれ、謀ったな」

真十郎は歩みを進め、竹田の正面に立って問う。

「あなたの謀略は、親貞殿から聞いた。だが分からぬ。何ゆえ父を裏切ったのだ」

佐倉と実田を一瞥《いちべつ》した竹田は、鼻で笑った。

「親貞から聞いたのではないのか。おぬしの父と信親がおると、いつまでも老中首座になれぬからじゃ」

「それだけではあるまい。ほんとうの理由を聞かせよ。何ゆえ、親貞殿まで襲うたのだ」

「せっかくわしの天下になったというのに、親貞が虎視眈々《こしたんたん》と老中首座を狙うておったからじゃ。代々老中を輩出する本田と大垣にくらべ、我が竹田家はわしがようやく成し遂げた。この先、また本田と大垣に邪魔をさせぬために、今のうちに潰そうと決めたのじゃ」

「愚かな。老中は、家名のみでなれるものではあるまい。父はおぬしのことを優れた人物だと言い、期待されていたのだぞ」

「配下として、重宝されていただけだ。いずれお前が跡を継げば、助けてやってくれなどと言いおったのだ。わしは、お前たち親子の家来ではない！」

「笑わせてくれる」

そう吐き捨てた弘貴を、竹田は怒りに満ちた目で見る。

「何がおかしいと言うのだ」

「ようは、己に自信が持てぬだけであろう。勝手に己を下にし、若い大垣沖信殿と本田親貞殿に勝てぬと焦るあまり、天下泰平のためにはなくてはならぬ方々を亡き者にする暴挙に打って出るなど、愚かとしか言いようがあるまい」

竹田は笑った。異様な表情をしている。

「その愚か者に踊らされる様を見るのは、実に痛快であったぞ」

「だが、それも今日でしまいじゃ。竹田家もな」

弘貫が言うと、竹田はにたりと笑った。目の光は鋭く、勝ち誇った表情だ。

そんな態度の竹田の目の動きを見逃さぬ真十郎は、振り向きざまに小柄を投げ打った。

今まさに、密かに抜いた脇差で目の前に立つ岩崎を刺し殺さんとしていた実田の右目に当たった。

目を貫かれた実田は悲鳴をあげて倒れ、のたうち回った。

驚いて振り向く岩崎に対し、佐倉が刀を抜いて振り上げた。

「覚悟!」

叫んで斬りかかろうとした佐倉だったが、うっと呻き、下を向いた。腹から刀の切っ先が出ている。捕り方として来ていた岩崎の家来が、あるじを守るために刀を抜いたのだ。

己が親貞を刺した時と同じ仕打ちに、佐倉は目を見張った。

「親貞は、し……」

死んでいるはずだと、竹田に告げようとした佐倉だったが、岩崎の別の家来に胸を貫かれ、刀を落として横向きに倒れた。

竹田に向いた真十郎の前に、家来たちが来て対峙した。

動じぬ真十郎は、刀を抜く家来たちの背後にいる竹田に告げる。

「こうなっては、もはや逃げられぬ。武士ならば、わたしと勝負いたせ！」

「受けて立つ！　下がれ！」

命じられた家来たちは、刀を下ろして左右に別れた。

弘貴が、止めようとする岩崎の腕をつかんで下がらせ、真十郎に告げる。

「油断するな。竹田は達人だぞ」

元より父から聞いている真十郎は、

「だからこそ、申し込んだのだ」

そう返して、草履を脱ぎ飛ばした。

竹田も草履を脱ぎ足袋で立つと、小姓が差し出す愛刀正宗《まさむね》を抜いた。

親貞の形見に左手を添えた真十郎は、親指で鍔を押して鯉口を切り、左足を引いて抜刀した。ゆるりと刀身を転じて正眼に構え、間合いを詰めた。

竹田は左足を出し、左手で柄をにぎる刀を頭上に上げ、峰に右手を添えた刀身を後ろに寝かせた。

真十郎は正眼の構えで、さらに間合いを詰めた。互いの一振りが届く、死の間合いになった刹那、かっと目を見開いた竹田が気合をかけ、頭上に寝かせていた刀を左手のみで振り下ろした。

太刀筋が鋭く強烈な一撃は、目にも止まらぬ。

刀で受け止めた真十郎だったが、押し切る力が強く、右肩に刃が到達した。引き斬られれば命はない。

歯を食いしばって押し返すと、竹田はあっさり飛びすさって間合いを取った。

肩に痛みは感じぬが、着物に血の染みが広がる。

それを見た竹田が薄い笑みを浮かべ、先ほどと同じ構えを取った。

真十郎は大きな息をひとつ吐き、ふたたび正眼に構える。ゆるりと間合いを詰め、ぴくりと動いて誘いをかけた。

動じぬ竹田は、一拍の間を空け、猛然と迫る。

刃金《はがね》がしなったように見紛うほど鋭く振り下ろされる刀身が、真十郎の頭上に迫る。

その太刀筋を見切った真十郎が身を引き、切っ先を眼前にかわした。

空振りした竹田の受け身は早い。真十郎を引かせるため、返す刀で斬り上げようとする。

だが、その一瞬の隙を逃さぬのが真十郎の剣だ。鋭く刀を振るい、空振りした竹田の左肩に打ち下ろしていた。

「うっ」

短く呻いた竹田は、肩から胸に骨ごと断ち切られており、真十郎を睨むこともできずに顔から倒れた。

騒然とする竹田の家来たちは、真十郎に斬りかかろうとしない。

果たし合いとも言える二人の戦いに、武士として敬意を払っているようだった。

騙し討ちをされた親貞の、悔しそうな顔が頭に浮かんだ真十郎は、形見の刀を見つめた。無念を晴らしたと胸の中で語りかけながら懐紙で拭い、鞘に納めたのだ。

七

「旦那様、ほんまに行かれるんですか」

「うむ」

おすみは別れを惜しんだが、涙を見せまいとして、袖で顔を覆い隠した。

弘貴が言う。

「おすみ、そなたも江戸におるのだから、真十郎がここに来た時はまた会える。そうであろう真十郎」

明日来いと言われて、真十郎は笑った。そして、見送りに出ていた木葉に顔を向ける。

「彦左のところへは、いつ行くのだ」

木葉は霞を引き寄せ、うつむき気味に答える。

「あの町では、暮らせませぬ」

霞は、家に押し入ってきた菅たちに攫われたこころの傷が深いため、その家が目の前にある彦左の屋敷へは行きたくないのだ。

弘貴が言う。

「彦左は今、屋敷替えを願い出ているそうだ。それが叶《かな》うまでのあいだ、わたしが二人を預かることとした」

真十郎は姉妹に微笑んだ。

「ならば安心だ。二人の幸を祈る」

木葉と霞は、穏やかな面持ちで頭を下げた。

弘貴が、木葉にも聞かせるように、真十郎の顔を見て告げる。

「本田家のことは、御公儀には知られていない。跡継ぎが決まるまで、喜代姫がそのまま影武者をする運びとなった」

真十郎は驚き、弘貴の目を見る。

「おぬしの入れ知恵か」

「いいや」

否定するも、微笑んだ目はそうだと言っている。

「喜代姫は、大丈夫だろうか」

「哀れなのは親貞殿よ。死を隠すため菩提寺《ぼだいじ》にも入れず、おぬしが預けた寺で供養されることとなった」

「そうか。寺は違えども、住職がねんごろに供養してくれるはずだ。それよりも、やはり姫が心配だ。登城はどうする」

「声が出ぬことにしたのが功を奏すであろう」

「いや、しかし、登城となると、さすがに……」

「姫は強いお方だ。心配ない。おぬしこそ、人の心配をしておる場合か。これからどうするつもりだ」

「気ままに生きるさ」

「このまま、わたしの力になってくれぬか」

弘貴の言葉に、おすみは期待を込めた顔をしている。

「気持ちはありがたいが、町の暮らしがよい」

真十郎は皆に頭を下げ、沼隈藩の屋敷をあとにした。


数日後。

芦屋でしばらくのあいだのんびりと過ごすことにしていた真十郎は、玉緒が持って来た用心棒の仕事を受けるかどうか、思案していた。

「盗賊一味から金蔵を守るために用心棒を置くのが常だが、金よりも女房を守ってほしいとは、あるじはよほど、大切にしておるのだな」

するとと玉緒が、胸の前で手をにぎり、うっとり顔で言う。

「金は盗《と》られてもまた稼げばいいが、女房を攫われたら、代わりはいないからね、ですって。あんなふうに、言われてみたい」

「住み込みで三食付に、日当も悪くない。引き受けてもよいぞ」

真十郎がぼそりと言うと、玉緒は聞いていない様子で、まだうっとりと天井を見ている。

なんだか芝居に思えてきた真十郎は、そっと離れようとしたのだが、強く袖を引き寄せられた。

「旦那には、もっと割りのいい話があるんです」

玉緒が腕にしがみ付いて別の仕事を告げようとした時、表から入ってくる者がいた。

「いいところを邪魔してすまぬ」

咳ばらいをして言う者は、身なりは着流し姿だが、すぐに大目付の岩崎だと分かった。

玉緒に告げた真十郎は、岩崎を客間に案内して向き合った。

岩崎は穏やかな表情をしており、竹田家のその後を教えてくれた。

「上様は、竹田殿の許しがたい所業に立腹されたが、改易に処せば、生きる糧を喪った一族郎党が、おぬしと弘貴殿を逆恨みすると案じられ、減俸のうえ領地替えのみにとどめられた」

「ご英断かと存じます」

「そう申すだろうと思うていた」

微笑んだ岩崎は、携えていた文箱《ふばこ》を開け、

「上様からだ」

と告げて、書状を差し出した。

この場で開いてみると、弘貴と共に、老中を目指せと書かれていた。

岩崎を見ると、内容を知っているらしく、うなずいて言う。

「上様は、よい返事を待っておられる」

真十郎は両手をつき、

「大垣家は弟が継いでおりますから、戻る気はありませぬ」

そう言って頭を下げた。

岩崎は声に出して笑った。

「まあ、今日決めることはないだろう。じっくり考えることじゃ。では、これにてごめん」

立ち上がって廊下に出た岩崎は、障子の陰で身を固めて立っていた玉緒に驚いたが、すぐに微笑み、歩み寄る。

「あの男を磨けば、大儲けできますぞ」

背中を見送った玉緒は、首をかしげた。

「老中は、そんなに儲かるのかね」

世の移ろいに聡《さと》い玉緒は、これからは商人の時代だと思っているだけに、いぶかしそうに首をかしげるのだった。

形見《かたみ》の剣《けん》　斬《ざん》！　江戸《えど》の用心棒《ようじんぼう》　朝日文庫

2023年10月30日　第1刷発行

著　　者　佐々木裕一《ささきゆういち》

発 行 者　宇都宮健太朗
発 行 所　朝日新聞出版
〒104-8011　東京都中央区築地5-3-2
電話　03-5541-8832(編集)
03-5540-7793(販売)
印刷製本　大日本印刷株式会社

Published in Japan by Asahi Shimbun Publications Inc.
定価はカバーに表示してあります

ISBN978-4-02-265122-8
落丁・乱丁の場合は弊社業務部(電話 03-5540-7800)へご連絡ください。
送料弊社負担にてお取り替えいたします。

佐々木 裕一
斬！ 江戸の用心棒

剣術修行から江戸に戻った真十郎は、老中だった父の横死を知る。用心棒に身をやつした真十郎が悪事の真相に斬り込む、書下ろし新シリーズ。

佐々木 裕一
千両の首
斬！ 江戸の用心棒

父の仇である老中を討ち取った月島真十郎。彼は剣を捨て江戸を去るが、その首には千両もの懸賞金がかけられてしまった！ シリーズ第2弾。

吉田 雄亮
お隠れ将軍

暗殺の謀から逃れ、岡崎継次郎と名を変えた七代将軍徳川家継。彼は、葵の紋が彫られた名刀を手に、徳川の世を乱す悪漢どもに対峙する！

吉田 雄亮
お隠れ将軍二 鬼供養

名を変え、市井に生きる七代将軍徳川家継。刺客との戦いの中、彼は初めて友と呼ぶべき剣客と出会うが、それは自ら窮地を招くことになり……。

吉田 雄亮
お隠れ将軍三 姫仕掛

岡崎継次郎と名を変え、市井に暮らす七代将軍徳川家継。彼を利用しようとする勢力は、天真爛漫な萩姫との婚儀を目論む。人気シリーズ第3弾。

神楽坂 淳
七代目 銭形平次の嫁なんです

七代目銭形平次が惚れたのは浪人の娘・菊菜。手柄を立てることを結婚の条件にされた平次は、ある船だけを狙った盗賊に目星をつけ……。